LA APUESTA DE LA RESURRECCIÓN

CHRISTOPHER COATES

Traducido por
NERIO BRACHO

Capítulo Uno

EL SOL DE LA MAÑANA ACABABA DE EMPEZAR A BRILLAR A
través del estrecho hueco de las cortinas azul claro descolori-
das. Su iluminación, aún tenue, reveló la vista de un dormitorio espacioso. Había una cama de agua tamaño king con
marco de madera centrada contra la pared del fondo y había
varias otras piezas de muebles de dormitorio hechas de roble
en la habitación. Todo esto estaba colocado sobre un piso de
madera pulida.

La mayoría de la gente normal se avergonzaría del estado
de la habitación. Muchos de los cajones de la cómoda
colgaban abiertos de par en par, su contenido desbordado.
Varias prendas de vestir estaban esparcidas por el suelo. Había
algunos platos y vasos en el suelo junto a la cama, y la mesita
de noche tenía media docena de botellas de vidrio marrón.
Parecía como si este fuera el dormitorio de un adolescente
descuidado y sin supervisión, más que el de un adulto brillante
con un doctorado en teoría cuántica.

Finalmente, las sábanas arrugadas de la cama comenzaron
a moverse, mientras un hombre luchaba lentamente por
ponerse de pie. A través de la tenue luz, se podía distinguir

que se movía como si estuviera enfermo o con un dolor considerable.

Paul Kingsman medía un metro setenta y cinco y tenía un cuerpo bien tonificado y un estómago plano. Estaba bien afeitado y tendía a llevar el cabello corto. Caminado hacia el baño tropezó, este se encontraba justo al lado del dormitorio. Le palpitaba la cabeza, tenía la vista borrosa, la boca seca y el sabor era asqueroso. Finalmente llegó al baño y buscó el interruptor de la luz. Tan pronto como lo encendió, supo que había cometido un error. La luz brillante intensificó enormemente los latidos en su cabeza, y un gemido infeliz ahogado salió de la cama detrás de él. Rápidamente apagó las luces y avanzó a trompicones en la oscuridad, su visión nocturna había desaparecido. Trabajando por tacto, encontró el grifo y logró hacer correr el agua en el lavamanos. Con las manos, se frotó el rostro con agua fría varias veces. El agua hizo que se sintiera un poco mejor. A continuación, se llevó un par de puñados de agua a los labios y bebió lentamente, tomando pequeños sorbos. Paul sabía que era mejor no beber demasiado, demasiado rápido. Incluso los dos pequeños sorbos que ya había tomado comenzaban a revolverle el estómago. Paul deslizó la puerta del botiquín para abrirla y sacó una pequeña botella de plástico. En la oscuridad cercana, no pudo leer la etiqueta impresa. Paul colocó cuatro de las tabletas en su mano y las tragó rápidamente. Mientras bajaban, pensó brevemente en cómo esperaba que las píldoras fueran el Motrin que había estado planeando y no el Midol de Michelle. Decidió que no le importaba y caminó vacilante de regreso al dormitorio.

Cuando salía del baño, Michelle pasó junto a él y, con un gruñido de saludo, cerró la puerta del baño.

Paul golpeó la pequeña mesita de noche mientras regresaba a la cama, y escuchó varias botellas de vidrio vacías caer y golpear el piso de madera. Afortunadamente, parecía que ninguna de ellas se rompió esta vez. Se derrumbó sobre la cama y trató de permanecer lo más quieto posible.

Después de varios minutos, el inodoro se descargó y el lavabo comenzó a fluir. Paul escuchó claramente el sonido de las pastillas agitándose en la botella de plástico mientras Michelle luchaba con la tapa a prueba de niños. Seguidamente ella salía del baño, y él notó que llevaba puesta la camiseta azul, de gran tamaño de los New England Patriots le llegaba hasta la rodilla y que solía usar en la casa.

Cuando ella se dejó caer, toda la cama se meció, e inmediatamente él gimió de incomodidad cuando su cabeza comenzó a latir de nuevo.

—Lo siento, —dijo Michelle con voz un poco arrastrada.

Paul gruñó una respuesta que ella entendió que significaba que él no estaba genuinamente enojado.

Se quedaron quietos, sin hablar durante varios minutos, y finalmente Michelle dijo con un toque de humor en su voz: "¿Crees que alguna vez aprenderemos?"

—No es tanto aprender como recordar. Recordando lo terrible que se siente la mañana siguiente.

—¿Todavía estás listo para ir?

Sin dudarlo, Paul respondió: "Definitivamente, estaré bien en un par de horas, solo necesito un poco de café y tostadas, y luego estaré como nuevo. ¿Tú que tal?"

Michelle tardó un poco más en responder, pero finalmente estuvo de acuerdo: "No desperdiciemos el día, solo porque bebimos demasiado anoche".

Después de varios minutos más, finalmente se levantaron y Michelle volvió al baño. Esta vez soportó la luz brillante mientras iniciaba el agua caliente en la ducha.

Paul se dirigió a la cocina y sacó el recipiente de café del armario superior; echó dos cucharadas en el compartimento del filtro de la cafetera; añadió agua y presionó el botón de encendido.

Mientras esperaba, Paul entró en la oficina, que estaba al

lado de la sala de estar, se sentó frente a la computadora y revisó su correo electrónico. Mientras estuvo allí, también leyó las noticias y los resultados deportivos.

Cuando estaba terminando de leer, la cafetera emitió un pitido de que estaba lista. Estaba terminando su primera taza cuando Michelle salió del baño.

—El café está listo, le dijo Paul mientras se dirigía a tomar una ducha.

Michelle rápidamente sirvió el suyo y se dirigió a la computadora, para llevar a cabo su propio ritual matutino que era similar al de Paul pero que carecía de puntajes deportivos.

Cuando terminó la ducha de Paul, ella estaba vestida y había un plato de tostadas secas en la mesa de la cocina.

Capítulo Dos

PAUL KINGSMAN, DE 38 AÑOS, CRECIÓ COMO HIJO ÚNICO EN un hogar monoparental, en el lado norte de Boston. Su padre, un bombero del Departamento de Bomberos de Boston, había desarrollado cáncer cerebral y murió cuando Paul tenía solo siete años.

Su madre, Emma Kingsman, trabajó duro para mantener a su hijo. Trabajando largas horas como enfermera quirúrgica, luchó por equilibrar la necesidad de empleo y la necesidad de estar en casa para su hijo.

Paul sobresalió en la escuela a pesar de que tenía la habilidad de meterse en problemas. Había sido arrestado dos veces en sus años de escuela secundaria por delitos pequeños de menores, pero aun así logró obtener una beca académica para la Universidad de Washington. Mientras estuvo allí, completó sus estudios de pregrado y posgrado en Mecánica Cuántica. Después de eso, terminó sus estudios de doctorado en Berkley.

Mientras estaba en Berkley, Paul conoció a Maureen Kraft, quien estaba trabajando en su maestría en Psicología. Los dos comenzaron a salir, y dos años después se casaron y tuvieron dos hijos, Heather y Adam.

Durante estos años, Paul hizo algunas inversiones notables

con muy buenas recompensas, varias de las cuales fueron tan rentables y oportunas que se inició una investigación por parte de la Comisión de Bolsa y Valores, pero nunca se descubrió nada inapropiado.

El matrimonio de Paul solo duró cuatro años antes de que Maureen lo dejara. Ella dijo que su trabajo y educación lo habían absorbido tanto que necesitaba algo más.

Paul regresó a Massachusetts y fundó El Instituto de Investigación Kingsman. La pequeña fortuna de Paul por sus inversiones y varias subvenciones proporcionaron fondos para el instituto en crecimiento.

El Instituto de Investigación Kingsman estudió principalmente la Mecánica Cuántica y cómo funcionaba la barrera entre el espacio y el tiempo.

Hace un año, Paul sufrió heridas leves en la espalda y el hombro. Esta lesión fue el resultado de un automóvil conducido por Michelle Rogers, que lo chocó por detrás en un semáforo cerca de un centro comercial en el lado norte de la ciudad.

Michelle era profesora de matemáticas de secundaria en Boston y también se había divorciado recientemente. Ella era una mujer fornida que medía alrededor de un metro y sesenta y dos centímetros. Tenía el cabello largo y castaño que siempre llevaba recogido.

Después de seis años de casados, los médicos le dijeron a Michelle y a su esposo Derek que, a pesar de todo lo que habían intentado, ella no iba a poder tener hijos. Aparentemente, sus óvulos no estaban sanos y no se podían fertilizar.

El médico les dijo que tenían varias opciones, incluida la búsqueda de una donante de óvulos sustituta o la adopción. Mientras esta noticia aplastaba a Michelle, su esposo ideó otro plan. Se mudó de su casa y solicitó el divorcio.

Menos de seis semanas después de que finalizara el divorcio, Michelle se enteró por un amigo en común que su exmarido sería un futuro padre.

Después del accidente de tráfico, Michelle y Paul habían comenzado a salir. Sin embargo, sus divorcios habían cambiado su perspectiva de la vida. Paul, aunque todavía estaba comprometido con su trabajo, se tomaba la mayoría de los fines de semana y noches libres, algo que nunca había hecho antes. También había contratado a un subdirector del instituto que supervisaba gran parte de la investigación en curso.

Michelle también había cambiado. Si bien alguna vez fue muy conservadora en cuanto a vestimenta y comportamiento, se había vuelto mucho más relajada y casi imprudente a veces. Este cambio de comportamiento fue una de las cosas que más atrajo a Paul, ya que encajaba muy de cerca con su personalidad. A menudo le costaba imaginarla como había sido. Cuando le mostró fotos de su yo anterior, Paul no pudo evitar sentirse como si estuviera mirando a una persona completamente diferente.

Habían estado viviendo juntos por poco más de un año, y ninguno tenía prisa por intentar casarse de nuevo, aunque ambos pensaban que era solo cuestión de tiempo.

Michelle había llegado a aceptar que nunca sería madre, y Paul, que ya tenía dos hijos, no estaba preocupado por la idea.

Michelle quería mucho a Heather y Adam y esperaba con ansias los momentos en que vinieran a visitarlos casi tanto como Paul.

Capítulo Tres

MICHELLE Y PAUL SALIERON POR LA PUERTA LATERAL DE LA casa y entraron en el garaje conectado para dos autos y medio. Ambos vestían pantalones cortos de mezclilla y sandalias en los pies. La blusa de Michelle era toda blanca y llevaba un bolso grande al hombro. Su largo cabello castaño fue recogido y sujeto con un clip.

Paul vestía una franela a rayas rojas y negras mientras empujaba una gran nevera azul con ruedas.

Ambos ya estaban usando sus gafas de sol envolventes, y Michelle asumió, basándose en la forma en que todavía sentía su cabeza, que probablemente las usaría hasta que se metiera en la cama esta noche.

Subieron al Ford Expedition azul marino y Paul salió del camino de entrada y giró a la izquierda.

—¿Cómo te sientes? —preguntó Paul.

Michelle lo miró con expresión de disgusto. "Me siento terrible. No me había sentido así en meses. Necesito más café. ¿Te importaría detenerte?

—No hay problema. Yo también podría querer uno. ¿Tienes más Motrin en tu bolso o debería traerme alguno?

—No te molestes, traje toda la botella conmigo; puedes agarrar todo el que necesites.

—Bien, —dijo Paul con un gesto de aprobación.

Después de varias cuadras, se detuvieron en una estación de servicio Mobil y Paul entró a buscar las bebidas. Después de pagar, Paul caminaba de regreso a su vehículo cuando vio a Tom Wallace caminando con confianza hacia él.

Tom trabajaba para Paul y se desempeñaba como director asistente en El Instituto de Investigación Kingsman. En los últimos años, se habían convertido en buenos amigos.

Habiendo estudiado juntos en la Universidad de Washington, Paul estaba muy impresionado con Tom y su habilidad para resolver problemas en el laboratorio. Tom trabajaría en un problema durante el tiempo que fuera necesario hasta resolverlo finalmente. A menudo se le ocurrían cosas que Paul nunca había considerado y, en la mayoría de los casos, tenía razón.

A diferencia de Paul, Tom no tenía su doctorado. En cambio, después de completar su maestría, Tom elige concentrar sus esfuerzos más en el trabajo y la familia que él y su esposa habían comenzado. Paul tuvo que aceptar a regañadientes que Tom había tomado una mejor decisión. Tom tuvo tres hijos increíbles y Linda Wallace era una persona hermosa, y no solo físicamente.

De hecho, Tom parecía tener la familia y el matrimonio perfectos.

Paul estaba celoso a veces cuando pensaba en la situación familiar de Tom. Si hubiera tomado mejores decisiones, podría haber tenido lo mismo. En cambio, tenía una ex esposa y dos hijos a los que solo podía ver cada dos meses.

Cuando Paul fundó el instituto, buscó a Tom y lo encontró trabajando en un centro de investigación administrado por el gobierno en el centro de California.

Paul se ofreció a duplicar su salario si Tom aceptaba venir

a trabajar al Instituto Kingsman. Cuando Tom finalmente aceptó, Paul lo trasladó a él y a su familia cruzando el país.

Ahora, casi tres años después, Paul se alegraba de haberse gastado y esforzado para traer a Tom a bordo. Su investigación nunca habría progresado hasta el punto en que lo hubiera hecho sin la participación de Tom. Además, eran amigos cercanos.

—Oye Tom. ¿Qué estás haciendo esta mañana? —preguntó Paul.

Tan pronto como lo preguntó, Paul supo que había cometido un error. Sabía hacia dónde se dirigía Tom, Tom estaba vestido hoy mejor que nunca en el trabajo, y era domingo.

—¿Cómo estás Paul? Vamos de camino a la iglesia, pero primero necesitaba un poco de gasolina.

Paul asintió, "Nos dirigimos al puerto deportivo. Pasaremos el día en el barco. Deberías unirte a nosotros. Lo pasamos muy bien el mes pasado con ustedes".

Tom respondió: "El clima es perfecto para eso, sospecho que tendrás un gran día. Pero no podemos ir hoy. Por cierto, ¿te sientes bien? ¿No te ves bien?"

Paul sonrió, "Tuvimos demasiada fiesta anoche, y ahora lo estamos pagando".

Tom asintió entendiendo, "¿Por qué no vienen con nosotros Michelle y tú? El puerto deportivo y el buen tiempo seguirán estando allí en dos horas".

Paul se rio entre dientes: "Nunca te rindes. ¿Verdad?"

Cuando Tom no respondió de inmediato, Paul agregó: "Hoy es un día demasiado agradable como para ir a sentarse en una iglesia, creo que nos quedaremos con el barco".

—Lástima, pero asegúrate de no tomar demasiado sol. Mañana es un día demasiado grande y no quiero que no puedas disfrutarlo debido a una quemadura de sol.

—De acuerdo, amigo. Nos vemos mañana —dijo Paul mientras subía de nuevo a la Expedición y le entregaba el café a Michelle, que ella aceptó con entusiasmo.

Paul puso la camioneta grande en marcha y salió de la estación de servicio, saludando a la familia de Tom mientras pasaba junto a su Durango parada en el surtidor.

Michelle miró a Paul y sonrió, "¿Era ese Tom con el que estabas hablando? Escuché algo sobre ir a la iglesia".

—Sí, están de camino allí y él nos invitó.

—Algunas personas nunca se rinden. Sé que lo has rechazado docenas de veces, —comentó Michelle.

—Es cierto, pero no le molesta demasiado. Deja en claro dónde se encuentra e invita a la gente a ir. Si dices que no, él retrocede. Es un buen tipo y tiene buenas intenciones.

—Eso es cierto; Me gusta él también. Si me hubiera dado cuenta de que era él, habría ido a saludar a Linda. ¿Qué estaba diciendo acerca de que mañana sería un gran día? Sé que no puedo entender los detalles sobre lo que haces en el instituto, pero Tom hizo que pareciera que mañana es algo especial.

—Lo es, —explicó Paul. "Mañana vamos a intentarlo de nuevo para ver si podemos mover algo a través de la barrera del tiempo".

—Eso es increíble. ¿Por qué no me lo dijiste antes?

—Sé que la mayoría de las cosas del laboratorio no son demasiado interesantes para ti, y trato de dejar el trabajo en el trabajo. Pero tienes razón, esto debería haberlo mencionado al menos.

Mientras Paul decía esto, se detuvo en el estacionamiento del puerto deportivo y la conversación se detuvo.

Descargaron la camioneta y se subieron a la lancha motora roja y blanca de Paul, llamada La Máquina del Tiempo. A los pocos minutos, la habían soltado y se deslizaban fuera de la rampa y se dirigían a la bahía.

Capítulo Cuatro

Tom Wallace llegó al Instituto de Investigación Kingsman temprano a la mañana siguiente. Se sorprendió al ver que ya había tantos otros autos en el estacionamiento.

El edificio de tres pisos estaba ubicado en diez hectáreas de propiedad arbolada. Se encontraba a ochocientos metros de la carretera principal y era invisible para cualquiera que pasara por la zona. Un río corría a lo largo del borde oeste de la propiedad. Era típico que quienes trabajaban allí vieran la vida silvestre desde las ventanas de sus oficinas. Había senderos para caminar en la parte de atrás que algunos de los empleados usaban a la hora del almuerzo.

Por lo general, el primero en llegar es Tom quien se encontró sonriendo inconscientemente mientras salía de su Durango y se dirigía hacia la entrada del edificio de aspecto futurista. Se alegró de ver que había otros miembros de su personal que estaban tan emocionados como él de comenzar los experimentos de hoy. Tom agitó su placa de identificación frente al escáner. Escuchó el zumbido audible cuando la cerradura de la puerta se abrió para permitirle el acceso. En otra media hora, estas puertas se abrirían por el día.

La recepción estaba normalmente desocupada. La ubicación del instituto y el hecho de que se trataba de una instalación privada significaban que había muy pocos visitantes. Cualquiera que llegara podía levantar el teléfono del escritorio y alguien bajaría para ayudarlo.

Tom subió a la escalera mecánica, se dirigió directamente a su oficina y colgó su abrigo en la parte trasera de la puerta. Luego colocó su almuerzo en el pequeño refrigerador junto a su escritorio. Se sentó y reprimió la sensación de emoción mientras iniciaba sesión en su computadora y abría su correo electrónico.

Tom estaba trabajando en el último de sus mensajes cuando Paul irrumpió en su oficina.

—Tom, sé que tienes que hacer tu lectura matutina, pero solo por hoy, ¿podrías retrasarla un poco? Todos están aquí y estamos desesperados por ver la grabación. ¡Ahora vamos!

Paul se dio la vuelta de inmediato y salió de la oficina.

Tom se puso de pie, sonrió y miró la Biblia en su escritorio. Pasar algún tiempo cada mañana meditando en las Escrituras era una parte esencial de su día. Sintió que el tiempo tranquilo de estudio siempre lo ayudaba a prepararse para el día. Pero también tuvo que admitir que su capacidad para concentrarse hoy se vio disminuida por la emoción que sentía. Como todos estaban aquí temprano y listos para irse, se sentiría culpable al hacerlos esperar mientras él tenía su tiempo privado. Tom prometió en silencio que leería antes del almuerzo y luego se dirigió a la sala de conferencias principal.

Cuando Tom se acercó, escuchó la charla ansiosa proveniente de los reunidos. Hubo un repentino aplauso cuando entró en la habitación.

Paul, que estaba al frente de la sala, exclamó: "Gracias por decidir acompañarnos". La respuesta de Tom fue ahogada por las risas amistosas de todos en la habitación.

Tom se sentó en la cabecera de la sala junto a Paul, quien se puso de pie y dijo: "Está bien, las puertas de esta sala de conferencias se cerraron con llave durante el fin de semana, y yo soy el único que tiene llaves. Los registros de la computadora del sistema de seguridad muestran que todos hicieron lo que les dije este fin de semana. Nadie ha intentado entrar a este edificio desde el viernes por la tarde. Además, las puertas de seguridad del laboratorio se mantuvieron cerradas este fin de semana", continuó Paul después de una breve pausa. "Por lo tanto, podemos decir con seguridad que el experimento que hicimos, o que haremos más tarde, no se vio comprometido", esperaba Paul mientras crecía la emoción en la sala. "Antes de comenzar, Tom tiene unas palabras para todos ustedes".

Tom se puso de pie, miró al grupo y dijo: "No sé si el experimento fue exitoso, pero si fue así", haciendo una pausa para lograr el efecto, Tom continuó: "En solo unos minutos, es posible que veamos los resultados de un experimento que ni siquiera realizaremos durante varias horas". Esta idea no era nada que todos no supieran, pero solo el concepto hizo que la habitación se quedara en silencio mientras todos contemplaban este hecho nuevamente.

Tom volvió a sentarse y Paul abrió el archivo de video en la computadora junto a él. Los datos residían en el servidor en el sótano que contenía todos los feeds de seguridad registrados. Después de varios segundos, Paul llamó a la habitación: "Aquí vamos".

Momentos después, la gran pantalla LED montada en la pared frontal se iluminó y la imagen del laboratorio principal se enfocó nítidamente. La marca de tiempo, que muestra la 1:01 a.m. del domingo, era visible en la esquina inferior derecha. La imagen era clara y nada se movía. Había estaciones de trabajo y varios equipos visibles al fondo.

Nadie en la sala de conferencias parecía estar respirando mientras todos miraban fijamente la pantalla LED. Después de casi un minuto completo, hubo un grito ahogado colectivo por parte del equipo. Un segundo todo parecía igual que segundos antes y luego instantáneamente había un objeto extraño en el medio de la habitación. Parecía un robusto carro de cuatro ruedas con varias computadoras portátiles conectadas a él. Había un equipo central con luces intermitentes y una pantalla digital. Había dos cámaras de video idénticas. Uno estaba montado en un trípode corto y giraba lentamente 360 grados, girando y filmando toda la habitación. La otra cámara apuntaba directamente a la pantalla de una de las dos computadoras portátiles. El paquete de instrumentos se quedó allí grabando, mientras la cámara superior giraba dos revoluciones completas, y luego, tan repentinamente como apareció, desapareció.

Toda la sala estalló en aplausos. Hubo gritos y vítores. La gente estaba parada en sillas e intercambiando en saludo de choca esos cinco entre sí.

Después de varios segundos, Paul se puso de pie y gritó: "¡Está bien, ya es suficiente!" El caos disminuyó y continuó: "Recuerden gente, se están felicitando por algo que ni siquiera han hecho todavía". Continuó: "Volveremos a ver la cinta. Entonces tenemos que ponernos manos a la obra. Todavía tenemos que hacerle la prueba a Clyde y enviarlo de regreso en el tiempo treinta y seis horas".

Todos volvieron a tomar asiento y la grabación volvió a sonar. Observaron con atención, buscando cualquier evento inesperado que pudiera haberse pasado por alto cuando vieron el video por primera vez.

De nuevo vieron aparecer en la pantalla el carro que contenía el paquete de instrumentos, apodado Clyde. Paul retrocedió la grabación un par de segundos y luego la hizo avanzar nuevamente, esta vez avanzando lo más lentamente posible. Después de unos treinta segundos, llegaron al momento.

En una décima de segundo, Clyde no estaba allí, y al siguiente, había aparecido. Fue instantáneo. No hubo destello de luz o la imagen se desvaneció en el enfoque. Estaba ahí al instante.

Capítulo Cinco

CLYDE COMENZÓ SU EXISTENCIA COMO UN CARRO DE
equipo industrial de alta resistencia, que fue muy modificado.
Tenía neumáticos de gran tamaño que tenían unos veinticinco
centímetros de diámetro. Tenía un metro veinte de ancho y un
metro cincuenta de largo y medía poco más de noventa y dos
centímetros de alto. Había una superficie plana en la parte
superior. Sentado en el centro de esa superficie había una gran
caja de metal con numerosas luces indicadoras y lecturas digi-
tales. Esta caja es donde se montaron las computadoras que
contenían los datos para los saltos de tiempo. También estaba
la tecnología secreta que le permitió a Clyde comunicarse con
la máquina del tiempo real que estaba ubicada permanentemente en el sótano del instituto, incluso si había viajado a un
tiempo diferente. Había un estante debajo, justo encima de las
ruedas, que contenía cuatro baterías marinas de ciclo
profundo. Estos proporcionaron todo el poder de Clyde
cuando no estaba enchufado.

Si bien era cierto que Clyde fue el primero en hacer el
viaje al pasado y regresar con éxito nuevamente, no fue el
primero en intentarlo.

Cuando Paul comenzó a trabajar en la idea de hacer

retroceder algo o alguien en el tiempo, había muchos obstáculos que superar. Paul siempre había imaginado un barco de tiempo independiente que llevaría a la gente de un período de tiempo a otro. A medida que avanzaba la investigación, quedó claro que había suficientes problemas graves con ese plan que se volvió muy poco práctico. Primero, su máquina del tiempo necesitaría enormes cantidades de energía y tendría que tener esa energía disponible cuando estaba en el pasado, donde la electricidad externa podría no ser posible. Solo había un par de formas de superar eso. Uno sería un generador diésel masivo que haría que la nave del tiempo fuera extremadamente grande y muy ruidosa. Eso no era práctico para deslizarse en un período de tiempo pasado y volver sin ser notado. La otra opción era un pequeño reactor nuclear. Mientras que un reactor sería silencioso y más portátil; Paul no pudo conseguir uno para este proyecto. Las regulaciones y preocupaciones de seguridad nunca lo permitirían. Paul sabía que tenía que idear un enfoque diferente. En el momento en que se estaban resolviendo estos desafíos fue cuando incorporó a Tom. Juntos desmontaron el problema y se dieron cuenta de que la enorme cantidad de energía y la mayor parte del hardware eran para calcular la matriz y crearon el portal al pasado. Una vez hecho esto, el portal podría mantenerse siempre que hubiera algo en el otro lado para ayudar a mantenerlo abierto. En lugar de enviar la máquina del tiempo al pasado. Podría permanecer en el presente, abrir el portal y enviar un pequeño dispositivo de bajo consumo. Juntas, las dos máquinas mantendrían abierto el portal al pasado, y el sistema remoto podría iniciar el tránsito de regreso en el momento dado. Este cambio eliminó la necesidad de un dispositivo grande, posiblemente ruidoso, para hacer el viaje al pasado.

Debido a esto, la mayor parte del trabajo inicial se centró en el gran dispositivo que construyeron en el sótano del instituto. Fue controlado desde el laboratorio e hizo el trabajo pesado para abrir el portal al pasado.

A medida que avanzaba este trabajo, construyeron el primer sistema remoto. Era una de las primeras versiones de Clyde y estaba colocado en una mesa de laboratorio. El equipo apodó el dispositivo Mona. Tan pronto como se creó Mona, el equipo notó los problemas. No era portátil y nunca podría llevar a una persona al pasado. Sin embargo, con el uso de Mona y los sistemas en el sótano, pudieron abrir un portal al pasado. Simplemente no pudieron comprender claramente en qué período de tiempo se abrió.

Este primer éxito emocionó al equipo. Reelaboraron muchos de sus procesos, y esto incluyó la reconstrucción del dispositivo que se movería a través del portal. Esta vez Paul y su equipo construyeron la máquina en un carro utilitario. Era mucho más portátil que Mona y corrigió muchos de sus defectos. Esta unidad se llamó Wally. Las primeras pruebas salieron mejor y, finalmente, decidieron que era hora de devolver a Wally un día en el tiempo. Wally llegó precisamente en el momento correcto, pero el cálculo de la ubicación necesitaba refinarse. Nadie está seguro de la ubicación exacta donde llegó, pero estaba sobre el estacionamiento principal. Podría haber estado a treinta metros en el aire o a trescientos. De cualquier manera, Wally fue encontrado en pedazos e hizo un pequeño cráter en el asfalto a su llegada.

Este revés no disuadió a ninguno de ellos porque habían enviado un objeto atrás en el tiempo, pero no según lo planeado. El equipo del proyecto siguió adelante. Trabajaron para refinar el proceso y reconstruir el dispositivo remoto. Esta vez construyeron una máquina mucho más robusta. Se pueden agregar hasta cuatro asientos, o se pueden quitar para permitir el montaje de varias cámaras remotas u otros equipos. Después de mucho debate, este control remoto se llamó Clyde.

Capítulo Seis

DESPUÉS DE VER Y REVISAR LA GRABACIÓN REPETIDAMENTE, todos partieron hacia el laboratorio. Quedaba mucho trabajo por completar antes de que Clyde pudiera hacer su histórico pero breve viaje.

Paul, con la ayuda de varios técnicos, comenzó a encender Clyde. Durante los siguientes minutos, el equipo que componía el Clyde que viajaba en el tiempo cobró vida. Había cables de alimentación y de computadora que iban desde terminales empotrados en la pared y conectados a los distintos equipos del carro.

Completaron las calibraciones finales y se probaron las baterías para asegurarse de que tuvieran una carga completa. Las cámaras de video fueron revisadas varias veces. Nadie quería tener que repetir este trabajo debido a una cámara mal configurada. Después de más de una hora de preparación, Tom Wallace tomó un pequeño transmisor de control remoto y condujo mientras Clyde rodaba lentamente hacia el centro de la habitación.

La pantalla de la computadora portátil cobró vida. Había una cámara de video apuntando directamente hacia él y grababa todo en la pantalla. Esa pantalla mostraba la fecha y la hora con una precisión de décimas de segundo. Había una conexión de red inalámbrica en la computadora portátil, y estaba recibiendo la hora exacta desde un servidor en el sótano del edificio, a través de un punto de acceso en el laboratorio.

Tan pronto como Clyde llegó al centro de la habitación, los técnicos comenzaron a quitar la mayoría de los cables externos, dejando solo una única conexión de datos y energía.

—Empiece el cálculo, —instruyó Tom.

—Sí, señor Wallace, —respondió Bruce Wilson. Bruce había estado con el proyecto durante varios meses y hoy estaba sentado en una terminal al otro lado de la sala.

Los servidores en el sótano del instituto comenzaron a alimentar datos a los equipos que componían Clyde. Habían comenzado los cálculos masivos. Permitirían a las computadoras calcular la matriz cuántica y el viaje que se realizaría desde ese momento hasta las treinta y seis horas en el pasado.

Mientras esto ocurría, los condensadores incorporados almacenaban energía para las dos grandes ráfagas que serían necesarias. Primero para enviar la unidad atrás en el tiempo, y para el segundo que le permitiría regresar. Después de unos cuarenta y cinco minutos, Clyde emitió un pitido.

—Procesamiento completo, —dijo Tom al equipo.

—Inicia el tránsito, —instruyó Paul.

Tom tocó un botón en la pantalla de una computadora y todos en la habitación se alejaron de Clyde.

Había varias cámaras de video de alta velocidad en trípodes colocadas a unos seis metros de la pequeña máquina. Todos tenían una visión diferente del carro de cuatro ruedas y su equipo. Las grabaciones que estaban haciendo ahora se utilizarían más tarde para proporcionar un registro del evento. También observarían cuidadosamente el momento en que Clyde dio su salto y su regreso para ver si había algo más que aprender.

La cámara montada en la parte superior de Clyde

comenzó a girar y, segundos después, se escuchó un breve zumbido y los cables de alimentación y de datos se expulsaron del equipo del carro.

Clyde ahora estaba libre. Había un ruido mínimo proveniente de él y de la cámara que estaba girando, pero parecía que no pasaba nada más. Tom inició la cuenta atrás desde las cinco. Cuando llegó a cero, Clyde desapareció instantáneamente.

Esperaban esto, pero la mayoría aún se quedó sin aliento cuando sucedió de repente.

Menos de tres segundos después, Clyde estaba de regreso y parecía como si nunca se hubiera ido.

Charlie Baker, un técnico que era nuevo en el proyecto, volvió a conectar el cable de datos pero dejó la energía desconectada, mientras Tom comenzaba a ingresar comandos en el teclado de su computadora. La cámara dejó de girar y varios sistemas comenzaron a apagarse.

Tan pronto como Tom completó la descarga de todos los datos que los diversos sensores habían recopilado durante el breve viaje, sacó a Clyde del centro de la habitación y apagó los sistemas restantes.

Bruce Wilson desapareció para revisar los datos obtenidos por los sensores a bordo. El resto del equipo regresó a la sala de conferencias principal.

Esta vez, en lugar de ver que algo entra en la habitación desde un momento diferente, estarían observando el paso real de un punto en el tiempo a otro.

La primera grabación cobró vida y vieron la imagen del laboratorio. A medida que la cámara giraba, vieron varias rotaciones en las que todos eran visibles y miraban la cámara giratoria y el paquete de equipo debajo de ella.

Las voces de fondo eran apenas audibles, luego la de Tom provenía de los altavoces, mientras contaba hacia atrás de cinco a uno. Hubo la más mínima distorsión en la grabación. Fue tan breve que casi ni siquiera lo notaron, y luego la imagen volvió a ser clara. Sin embargo, a medida que la cámara giraba, había varias diferencias notables. Los datos de la computadora y los cables de alimentación que se veían tirados en el suelo cuando la cámara miraba hacia el este no estaban allí. Además, no había gente mirando. Después de unos quince segundos, la distorsión momentánea regresó y, de repente, todo el equipo volvió a ser visible en la imagen.

El segundo video mostró la vista de la pantalla de la computadora portátil. La hora en la pantalla era exacta y la computadora portátil sincronizaba su hora desde el servidor dos veces por segundo. La imagen que el personal estaba viendo en la pantalla LED saltó una vez y se volvió clara al instante. Pasaron dos décimas de segundos más y el tiempo en la pantalla del portátil pareció detenerse momentáneamente y luego la hora y la fecha saltaron treinta y seis horas en el pasado. Luego, la computadora portátil comenzó a contar el tiempo normalmente durante casi quince segundos, y luego la imagen saltó nuevamente. En menos de un segundo, el tiempo de la computadora había vuelto al momento en que Clyde había regresado al laboratorio.

Cuando terminó la grabación, comenzaron las conversaciones, comenzando lentamente y luego aumentando en intensidad. El tema principal de discusión fue que el paquete de instrumentos se había ido para el pasado y regresó en tres segundos. Sin embargo, había pruebas de que había pasado quince segundos completos en el pasado.

Eso parecía significar que Clyde era ahora doce segundos mayor de lo que debería ser. Esto era algo que no habían considerado. Más interesante fue la pregunta, ¿qué tan significativo fue esto? Además, ¿qué implicaciones tenía? ¿Podrían haber cambiado el momento para que Clyde regresara antes incluso de que se fuera? Las oportunidades para la experimentación adicional parecían infinitas.

Mientras discutían estos conceptos, Bruce entró en la habitación y le entregó a Paul una tableta con los últimos resultados de las pruebas en la pantalla. Paul leyó la pantalla rápidamente y luego se la entregó a Tom. Después de darle a Tom unos segundos para escanear los datos, Paul se puso de pie de nuevo.

"Okay gente, tranquilícense". El silencio fue inmediato. "Ahora tenemos el informe preliminar basado en los datos que recopiló Clyde en su viaje. Todos hemos sentido curiosidad por saber cómo los efectos de un salto en el tiempo pueden afectar a una persona", Paul hizo una pausa y miró a su bastón. Los sensores se calibraron para tomar lecturas miles de veces por segundo. Esto se hizo para saber qué fuerzas actuaban sobre el objeto que pasaba a través del tiempo y para determinar si esas fuerzas serían dañinas para las personas.

"Por lo que muestran los datos, el tiempo total que tomó hacer el salto en el tiempo fue casi instantáneo, menos de una milésima de segundo. No se detectó aumento ni disminución de la presión atmosférica. Los niveles de radiación fueron más bajos durante el salto que la radiación de fondo estándar que todos experimentamos todos los días. La temperatura aumentó levemente, pero solo unos pocos grados. Probablemente se deba a la fricción de moverse a través de la barrera cuántica. No hay nada que sugiera que sería peligroso enviar a una persona a este viaje".

———

DURANTE LAS SIGUIENTES CUATRO SEMANAS, el experimento se repitió varias veces con múltiples variaciones. En una de las pruebas finales, un joven gato gris y blanco llamado Willard fue colocado en una jaula para mascotas. Luego, ésta fue amarrada a la parte superior de Clyde y enviado de regreso treinta días. Después de pasar quince minutos en el pasado, fue arrastrado al presente.

Willard fue probado y observado durante una semana y continuó sin mostrar efectos nocivos de su aventura.

La emoción por el éxito de las pruebas siguió creciendo. Hubo muchas sugerencias para realizar experimentos adicionales. Además, comenzó a crecer el debate sobre qué hacer con esta nueva tecnología.

Capítulo Siete

EL SOL COMENZABA A SALIR TEMPRANO EL LUNES POR LA mañana cuando Paul Kingsman salió de su casa y se dirigió al trabajo. Era casi una hora antes de lo que solía partir. Sin embargo, sabía que Tom Wallace era un madrugador y quería tener una conversación ininterrumpida con él. Hoy, Paul quería discutir las próximas fases de las pruebas antes de que la instalación se llenara.

Paul entró por las puertas de entrada y tomó las escaleras mecánicas hasta el segundo piso. Dejó la chaqueta y el maletín de la computadora portátil en su oficina y se dirigió al pasillo para ver si Tom estaba en su escritorio.

Cuando entró en la oficina de Tom, sus ojos, como siempre, se sintieron atraídos por el gran cuadro enmarcado en la pared directamente enfrente de la puerta. Era de Jesús y lo mostraba con una corona de espinas. Tenía las manos extendidas y los agujeros de los clavos eran visibles. En la parte inferior de la imagen decía: "Yo soy el camino, la verdad y la vida. Nadie viene al Padre sino por mí. Juan 14: 6".

Había algo en la expresión del rostro de Jesús que siempre llamaba la atención de Pablo. Fue una mirada de bondad, y algo más, en lo que Paul simplemente no pudo poner palabras. Sabía que era solo la interpretación de un artista de cómo podría haber sido Jesús, pero aun así le llamó la atención en todo momento.

A Paul le molestaba que la imagen le afectara. Paul no era una persona religiosa. Había asistido a la escuela dominical cuando era niño, pero había perdido interés en la religión a medida que crecía. En cambio, prefirió encontrar explicaciones científicas para los misterios del mundo.

Paul respetaba la dedicación de Tom a su fe, incluso si no entendía su atractivo. Ese respeto es probablemente la razón por la que nunca le había pedido a Tom que moviera la imagen a un lugar menos prominente en su oficina. También era la razón por la que Paul estaba dispuesto a escuchar cortésmente de vez en cuando en los momentos que Tom hablaba de su fe y de Jesús.

Pero Paul también tuvo que reír cuando pensó en todo el esfuerzo que Tom había gastado tratando de interesarlo en Dios. Cuán completamente fracasado había sido.

Todavía estaba el hecho de que Tom Wallace no solo hablaba de sus creencias, sino que vivía lo que creía. Fue esta última parte la que casi hizo que Paul escuchara con más atención lo que dijo Tom.

Esta mañana, como de costumbre, Tom estaba sentado en su escritorio; estaba cerrando su Biblia cuando Paul entró.

"Buenos días Tom".

Tom miró hacia arriba y, sin pensarlo, miró el reloj de su escritorio. Mientras lo hacía, dijo: "Hola. ¿Qué estás haciendo aquí tan temprano?"

—Quería hablar sobre nuestros próximos pasos. Dado que las cosas tienden a ponerse bastante ocupadas por aquí, pensé que podríamos discutirlo antes de que todos llegaran. A menos que estés en medio de algo, —explicó Paul.

Tom sonrió. Siempre apreció el hecho de que Paul respetaba el tiempo personal que se tomaba cada mañana, incluso si no lo entendía. "Acabo de terminar de leer, así que este es un momento excelente".

Paul cerró la puerta de la espaciosa oficina y acercó una silla. "¿Entonces, en qué piensas?"

Tom hizo una breve pausa y luego comenzó: "A mi modo de ver, hay dos cosas importantes que aún debemos probar en este momento".

Paul asintió y agregó: "Enviar a una persona de regreso".

—Corregir y probar para ver si es posible hacer un cambio en algo que sucedió en el pasado. Ha habido mucho debate sobre si será posible hacer un cambio, continuó Tom.

—De acuerdo, pero hay riesgos de cambiar el pasado.

—Por supuesto, pero en un entorno controlado, realizar un cambio especialmente planificado no supondrá ningún riesgo si lo manejamos con cuidado. Creo que demostrar si podemos o no cambiar el pasado es un paso necesario para determinar qué haremos con esta tecnología, —explicó Tom.

—Está bien, lo compro, pero tenemos que asegurarnos de que se produzca un cambio que tenga un resultado medible.

—Exactamente —respondió Tom.

—¿Supongo que tienes algo en mente?

—Es difícil y tendremos que limpiar un poco los detalles, pero quiero instalar un dispositivo en el laboratorio. Tal vez, algo tan simple como una trampilla mecánica con un temporizador. Programamos el temporizador para la una de la mañana, y en ese momento se abre la trampilla y una bombilla u otro objeto frágil cae al suelo donde se rompe. Llegaremos al día siguiente y veremos los pedazos rotos. Luego enviamos a alguien dos horas antes de que la bombilla se caiga y ellos evitan que suceda, —explicó Tom.

—Eso tiene sentido, ¿cuándo puede tener todo en su lugar para que podamos realizar la prueba?

Tom sonrió, "Hagámoslo esta noche".

—Perfecto.

—¿Asumo que vas a querer hacer el primer viaje? Tom preguntó con una leve decepción en su voz.

—Este es mío, —confirmó Paul. "El próximo es todo tuyo".

Capítulo Ocho

BRUCE WILSON AGARRÓ SU CHAQUETA GRIS LIVIANA Y SE LA puso mientras caminaba. Bajó las escaleras traseras del Instituto hacia los senderos para caminar. Le gustaba caminar por estos senderos a la hora del almuerzo cuando el clima era agradable. Hoy el sol intentaba abrirse paso a través de las densas nubes. Se suponía que iba a llover, pero Bruce esperaba que aguantara hasta después de la cena. Tenía dos parrillas grandes de costillas que planeaba asar cuando llegara a casa.

A Bruce le preocupaba no tener esta oportunidad hoy debido a toda la emoción que rodeaba el próximo experimento. Sabía que debería haber pasado en su caminata y trabajar durante el almuerzo, pero esto siempre aclaraba su mente. Decidió caminar una media distancia y luego regresar, en lugar de la distancia completa que tomaría unos buenos cuarenta y cinco minutos para completar.

Mientras se dirigía al sendero, escuchó que alguien se acercaba por detrás. Se detuvo, miró hacia atrás y vio a Charlie Baker.

Charlie acababa de empezar en el Instituto aproximadamente un mes antes. Parecía un buen tipo, y los dos habían caminado durante el almuerzo en varias ocasiones y se estaban haciendo amigos.

—Gracias por esperarme, —dijo Charlie.

—No hay problema. Lo haré breve hoy. Demasiadas cosas que hacer.

—Si lo sé. Necesito ejecutar otra prueba de calibración de sistemas, —explicó Charlie.

Los dos caminaron en silencio durante unos minutos, luego Charlie volvió a hablar: "¿Alguna vez has pensado en todas las cosas que podríamos hacer con esta tecnología?"

—Claro, siempre estamos buscando cómo demostrarlo y mostrarle al mundo su potencial, —explicó Bruce.

—No. Me refiero personalmente. Si pudiera retroceder veinte años y decirme a mí mismo que debo invertir todo en Microsoft o Google, o diez años y comprar acciones de Apple muy baratas, sería rico de la noche a la mañana. Charlie teorizó.

—Seguro, todos pensamos así. Si pudiéramos comunicarnos quién sería el ganador del Super Bowl o qué caballo ganaría el Derby de Kentucky, se podrían hacer grandes apuestas. Pero aunque es divertido pensar así, no dejes que Paul te oiga decir eso en voz alta. Está muy preocupado por mantener limpia la reputación del trabajo en el Instituto, —dijo Bruce.

—Lo sé. No digo nada en la oficina. Pero, no sería difícil de hacer, ¿verdad? ¿Cómo podría alguien saberlo? El cambio sería una nueva realidad.

Bruce hizo una pausa por un minuto antes de responder: "No, no sería difícil. Pero estás hablando como si realmente quisieras hacer algo. Hay demasiadas cosas para tener en cuenta. Ejecutar los cálculos no es tan fácil como parece. Te sugiero que dejes de pensar tanto en esto. Solo traerá problemas".

—Sí, yo supongo que sí. Pero es divertido fantasear con eso.

—Es así.

Los dos dieron la última vuelta y regresaron. Cada uno perdido en sus propios pensamientos. Cada uno pensando cosas igualmente peligrosas.

Capítulo Nueve

A LA MAÑANA SIGUIENTE, TEMPRANO, PAUL ENTRÓ EN EL laboratorio. En el suelo había una bombilla rota. Se inclinó y recogió la base de la bombilla con los bordes dentados de vidrio sobresaliendo. Le dio la vuelta con cuidado en su mano, mientras pensaba distraídamente en lo que iba a suceder en unas pocas horas. Viajaría atrás en el tiempo. Retroceder unas doce horas para quitar esta bombilla del artilugio de Tom y colocarla en el mostrador para que no se dañe.

—Veo que se rompió, —dijo la voz detrás de él.

Sobresaltado, Paul se dio la vuelta y vio a Tom de pie en la puerta. Cuando se volvió, su mano se sacudió y uno de los bordes de vidrio de la bombilla destruida le rasgó en el costado del dedo índice de su mano derecha. Paul soltó un pequeño grito cuando la sangre empezó a gotear.

—Lo siento Paul, pensé que me escuchaste acercarme, — dijo Tom mientras se apresuraba a revisar la mano de su amigo.

Había una laceración irregular de media pulgada. No era lo suficientemente profundo como para requerir puntos de sutura, pero sangraba activamente.

—No es tu culpa, estaba perdido en mis pensamientos y no te escuché.

Mientras hablaban, Tom caminó hacia la fila de gabinetes en la pared oeste y miró en tres de ellos antes de localizar y retirar un botiquín de primeros auxilios. Con solo un par de minutos de esfuerzo, Tom detuvo la hemorragia y envolvió el dedo con una venda.

—Gracias por curarme, —dijo Paul. "Sin embargo, será difícil usar un teclado de computadora durante unos días".

—Si tiene éxito con la prueba de hoy, su lesión nunca habrá ocurrido, porque la bombilla nunca se romperá.

—Así es. No había pensado en eso. Paul dijo con una sonrisa.

Dos horas más tarde, Paul puso en funcionamiento la unidad de control remoto y llevó a Clyde de regreso al centro del laboratorio. Hoy sería el quinto salto en el tiempo para Clyde, que se veía un poco diferente al que tenía en sus viajes anteriores.

La computadora portátil que registraba la hora y la fecha había sido eliminada, junto con la cámara de video que había monitoreado la computadora portátil.

La segunda cámara, en lugar de estar en un trípode giratorio, estaba en un brazo extensible. La computadora de a bordo que ejecutaba los sistemas de Clyde también controlaba la cámara. Estaba programado para seguir todos los movimientos de Paul, asegurándose de que siempre estuviera en el centro del encuadre.

Había un simple asiento de metal unido al carro. Además, había varios botones en un panel de control simple.

Los técnicos pasaron veinte minutos revisando todos los sistemas de Clyde asegurándose de que todo estuviera en orden. Mientras tanto, los conectores de alimentación y datos estaban conectados y transfiriendo información y energía.

Tom estaba conversando con los técnicos y, después de

varios minutos, se acercó a Paul, que caminaba nerviosamente. "La ruta está calculada y todo está listo".

—Entonces creo que es hora de irse, —dijo Paul emocionado. Esperaba que su nerviosismo no se manifestara.

Lo ayudaron a subir al carro y él tomó asiento.

Paul miró a su alrededor y vio a todo su equipo parado a su alrededor mirándolo mientras se sentaba en un pequeño asiento que había sido atornillado al carrito utilitario, y se sintió más que un poco tonto. Se abrochó el cinturón de seguridad en su lugar. Después de una breve pausa, respiró hondo y dijo: "Aquí va". Y con eso, presionó un botón en la consola marcado con "1".

Inmediatamente, los cables de alimentación y de datos se expulsaron del equipo en el carro. Paul escuchó muchas voces gritando "Buena suerte", "Ten cuidado" y otras palabras similares de aliento, pero centró su atención en la voz de la computadora que inició la cuenta regresiva. Cuando llegó a cero, Paul sintió un breve escalofrío y una cálida sensación. Miró a su alrededor y se dio cuenta de que el laboratorio de repente no estaba tan iluminado y todo su personal se había ido.

Inmediatamente se bajó de Clyde y miró a su alrededor. Las luces de seguridad nocturnas estaban encendidas y las luces que normalmente estaban encendidas cuando la gente trabajaba en el laboratorio estaban apagadas.

Paul encendió el resto de las luces y miró alrededor del laboratorio. En la mesa de trabajo principal estaba el artilugio de Tom con la bombilla intacta colocada en la trampilla esperando caer. Paul fue hacia él, lo sacó del dispositivo y lo puso en el recipiente que se había colocado allí para asegurarse de que no se cayera de la mesa y se rompiera.

Cuando sus ojos recorrieron la habitación, se encontraron con Clyde en la esquina, donde solía sentarse. Paul lo miró por un momento y luego se dio la vuelta y miró al centro de la habitación y Clyde estaba colocado allí también. El brazo telescópico que sostenía la cámara de video seguía cada uno de sus movimientos.

Había algo inquietante en ver el mismo carrito del equipo en dos lugares diferentes de la habitación al mismo tiempo.

Después de varios segundos más, Paul apagó las luces, regresó al centro de la habitación, se subió a Clyde y presionó el botón marcado con "2". De nuevo hubo una sensación cálida acompañada de un ligero escalofrío, y de inmediato se dio cuenta de que la habitación estaba iluminada y había gente a su alrededor.

Los vítores comenzaron de inmediato y Paul lanzó un saludo triunfal con la mano derecha. No había vendaje ni laceración en su dedo índice, y ni Paul ni nadie más parecieron notarlo. Porque en esta nueva realidad, su dedo nunca se había lastimado.

Charlie Baker comenzó a descargar datos de las computadoras de Clyde.

Paul se sometió a un breve examen médico. El equipo revisó su presión arterial, frecuencia cardíaca y electrocardiograma. Se extrajo sangre y se enviaría para su análisis y comparación con una muestra que se había extraído previamente. Después del examen, Tom y Paul desaparecieron en la oficina de Paul.

Había un diagrama de flujo en la pizarra y mostraba una versión ligeramente modificada del plan que Tom había propuesto varios días antes.

—No sé tú, Paul, comenzó Tom, —sé que logramos demostrar lo que queríamos, pero me cuesta sentir que hicimos cualquier cosa. Lo sé, cuando salimos de la oficina anoche, la bombilla estaba en el artilugio y lista para caer, —dijo Tom para señalar el diagrama de flujo.

—Si cuando llegamos esta mañana, todavía estaba en el dispositivo y no se había caído, abortaríamos debido a una falla del dispositivo. Pero cuando llegamos esta mañana, la bombilla estaba en el cuenco, —dijo Paul.

—Eso significa que en alguna realidad alternativa la bombilla debe haberse caído y roto, lo que desencadenó la cadena de eventos que hicieron que retrocedieras y evitaras que se cayera, continuó Tom.

—Pero no tenemos forma de documentar ese evento ya que volví y evité que sucediera. Ahora la bombilla nunca se cayó y se rompió, pero nunca hubiera vuelto y la hubiera puesto en el cuenco si no lo hubiera hecho, finalizó Paul.

Tom sonrió y asintió con la cabeza, "Me duele tratar de pensarlo bien, pero sabemos que debemos haber tenido éxito en ambos esfuerzos. Retrocediste en el tiempo y cambiaste el resultado de un evento específico".

—Supongo que el siguiente paso es averiguar hacia dónde vamos a partir de aquí, —dijo Paul.

—Una cosa en la que deberíamos empezar a trabajar es en un rediseño del equipo. Digamos que queremos enviar a alguien para que testifique o intervenga en un evento específico de la Guerra Revolucionaria. Creo que aparecer en el carrito de equipo de aspecto ridículo sería un problema, —explicó Tom.

Paul asintió con la cabeza y se rió, "Millones de dólares se destinaron a la construcción de Clyde, ¿y usted lo llama ridículo?"

Tom sonrió, pero antes de que pudiera hablar, Paul agregó: "Estoy de acuerdo, ¿estás pensando en un dispositivo más portátil?"

—Sí, probablemente algún tipo de unidad de mochila. Lo necesitaremos tarde o temprano, y les dará a todos algo en lo que trabajar mientras discutimos hacia dónde vamos a partir de aquí.

Capítulo Diez

A LAS DOS DE LA MAÑANA, EL ESTACIONAMIENTO ESTABA oscuro. Las luces altas se apagan automáticamente a la medianoche. Los faros del vehículo que se aproximaba iluminaron brevemente el lote. La iluminación solo duró un momento, ya que el conductor apagó las luces cuando ingresó al área de estacionamiento. Con sesenta para elegir, Bruce Wilson eligió un lugar que estaba muy sombreado por algunos árboles. Con suerte, las cámaras de seguridad tendrían la vista de este espacio parcialmente bloqueada.

El Ford Focus, pequeño y viejo, se detuvo y Bruce se puso un pasamontañas negro y una gorra con el logo de los Red Sox para ocultar su rostro. Le había pedido prestado el coche a un amigo. Bruce le había explicado que su camioneta estaba teniendo problemas y que necesitaba usar el Focus esta noche. En verdad, su camioneta no tenía nada de malo, pero Bruce no quería tener un vehículo en el video de seguridad que cualquiera pudiera reconocer.

La misión de esta noche no era algo para lo que Bruce se hubiera sentido listo para hacer, pero su reciente conversación con Charlie Baker lo había obligado a hacer esto de inmediato. Le preocupaba que Charlie hiciera algo y luego la seguridad y el acceso al edificio serían más estrictos.

Rápidamente se dirigió a la puerta principal y sacó una tarjeta de acceso genérica de su bolsillo. Esta carta había sido la parte más difícil de su plan. Las tarjetas se programaron en el sitio y le tomó tres días encontrar una oportunidad para ingresar al área de TI. Necesitaba encontrar un momento en el que los dos tipos que trabajaban en ese departamento estuvieran almorzando. Le había costado algo de trabajo descubrir cómo programar una nueva tarjeta con el acceso correcto. Ahora averiguaría si había funcionado. Tan pronto como pasó la tarjeta de acceso, la puerta hizo clic y la abrió. La única pregunta que quedaba era si funcionaría en el laboratorio.

Bruce caminó rápida y confiadamente por el vestíbulo y los pasillos que llevaban al laboratorio. Había demasiadas cámaras de seguridad para posiblemente evitarlas todas. Simplemente los ignoró, agachó la cara y se dirigió hacia su objetivo.

La tarjeta de acceso falsificada volvió a funcionar y ahora estaba en el laboratorio. No quería encender la luz del techo, que se podía ver afuera. Trabajaba con poca luz, pero tenía un faro con correa si lo necesitaba. Fue directamente a la terminal de la computadora y se tomó veinte minutos escribiendo todos los datos.

Mientras se procesaba, llevó a Clyde al centro de la habitación y conectó las conexiones de datos y energía. Esperó otros quince minutos y luego la computadora indicó que estaba lista. Desconectó la conexión de datos y se subió al asiento. Después de abrocharse el cinturón de seguridad, presionó el botón marcado con "1". Hubo una breve sensación cálida y luego nada. Se bajó del carrito y caminó hasta el mostrador. La fecha en la computadora era de ocho días atrás. Bruce salió del laboratorio y cruzó el pasillo hasta su cubículo. Sacó un pequeño trozo de papel de su bolsillo, abrió el cajón del escritorio y colocó el papel dentro. Estaba doblado por la mitad y tenía una fecha y una larga serie de números. A continuación, tomó la grapadora de su escritorio y la colocó en su silla y la empujó debajo del escritorio. Esa sería la señal para asegurarse de que mirara en el cajón del escritorio.

Regresó al laboratorio. En este momento estaba endeudado hasta las orejas y tenía dos meses de retraso en la hipoteca. La mayor parte de la deuda provino de hace varios años, cuando su esposa se sometió a un año completo de tratamientos para el cáncer de mama. En ese momento, él no estaba trabajando en Kingsman y no tenían seguro médico. En dos minutos tendría ciento dieciséis millones de dólares, y él y su ahora saludable esposa podrían relajarse.

Mañana renunciaría a su puesto en Kingsman. Se subió al carrito y presionó el botón marcado con "2". Sintió la misma sensación y regresó a su propio tiempo. Pasó los siguientes quince minutos guardando todo el equipo, exactamente como lo había encontrado, e hizo su mejor esfuerzo para borrar todos los datos relacionados con el trabajo no autorizado de esta noche de la computadora.

Capítulo Once

DURANTE LAS PRÓXIMAS SEMANAS, EL PERSONAL TRABAJÓ para limpiar el diseño del carro de viaje en el tiempo y condensarlo en un dispositivo más portátil. Durante ese tiempo, Tom y Paul se reunieron varias veces tratando de determinar la siguiente fase del proyecto.

Paul había trabajado durante muchos años para llegar al punto en el que estaban ahora. Una vez alcanzado, no sabía qué hacer con esta tecnología. Cuanto más lo discutían, más dudas había de que esta capacidad fuera algo que debían hacer pública. La capacidad de cambiar el pasado sonaba genial al principio. Sin embargo, cuanto más pensaba en las implicaciones de lo que esto podría significar, más aterrador parecía su descubrimiento.

Estos problemas habían provocado muchos debates entre el personal. Una persona sugirió que se usara la tecnología para retroceder y evitar que Adolf Hitler llegara al poder. Alguien más sugirió que deberían evitar que ocurriera el asesinato del presidente Kennedy. Muchos otros querían retroceder en el tiempo solo unas pocas semanas y proporcionar a su yo pasado los resultados de la lotería ganadores de un gran premio mayor que se pagó recientemente. Una del equipo,

Pam, tenía un hermano que había sido asesinado por un conductor ebrio diez años antes. Quería volver y evitar que eso ocurriera.

Mientras el equipo debatía, quedó claro que si bien todas estas ideas sonaban bien al principio, todas eran ideas terribles.

Si Hitler nunca hubiera llegado al poder, era correcto que se podrían evitar muchas muertes. Sin embargo, si todas esas personas hubieran sobrevivido, se habrían casado y habrían tenido familias. Algunos de ellos, sin duda, se habrían casado con personas que de hecho se habían casado con otras personas.

Muchos niños que habían nacido no lo habrían hecho. En su lugar, habrían nacido niños diferentes. A lo largo de los años, esto reorganizaría por completo decenas de millones de vidas y familias. Es posible que algunas personas que actualmente están en el equipo nunca hayan sido concebidas. También estaba el hecho de que si a Hitler se le impidiera llevar a cabo sus acciones contra los judíos, las naciones de la posguerra que trabajaron para formar el país moderno de Israel no habrían tenido ninguna razón para hacer tal cosa. Ese país moderno podría no existir y toda la situación árabe sería completamente diferente. El mundo entero se vería afectado, de alguna manera para mejor, pero para algunas, ciertamente para peor.

Prevenir el asesinato de Kennedy posiblemente causaría cambios monumentales en la apariencia actual de nuestra nación.

Incluso prevenir la muerte del hermano de Pam resultaría en la pérdida de la vida. En el momento de su muerte, se había casado recientemente y no tenía hijos. Desde su muerte, su esposa se había vuelto a casar y ella y su esposo tenían un hijo y un par de hijas gemelas. Esos niños nunca hubieran nacido si el hermano de Pam hubiera sobrevivido.

Lo único que sugirió que nadie podía ver el daño potencial proveniente fue regresar a tiempo y proporcionarse en el pasado los números de boletos de lotería ganadores de una semana antes. Sin embargo, la noticia de este proyecto eventualmente se haría pública. Si se supiera que el equipo había estado manipulando el tiempo para beneficio personal, la credibilidad de su trabajo sería sospechosa. Las cuestiones éticas sobre la existencia de esta tecnología eclipsarían el enorme potencial que tiene.

Tom estaba en su oficina revisando los datos de las pruebas cuando Paul intervino. "¿Te importa si entro un momento?"

Tom miró hacia arriba y vio una mirada astuta, casi traviesa en el rostro de Paul. —Por supuesto que no, —respondió Tom. "¿Qué tienes en mente?" Con esa mirada en el rostro de Paul, Tom sospechaba que esto sería interesante.

Cuando Paul entró, la imagen de Jesús que colgaba sobre el escritorio de Tom llamó su atención. Paul sintió que su sonrisa se ensanchaba un poco. Paul cerró la puerta y se dejó caer en un asiento.

—Creo que tengo una respuesta, comenzó Paul.

—Bien. ¿Una respuesta a qué? Tom continuó.

—Una respuesta a lo que podemos hacer como el siguiente paso de nuestras pruebas de esta tecnología. De hecho, después de esto, creo que comenzaremos a intentar determinar cómo publicitaremos nuestro trabajo.

—¡Oh, en serio, comparte el secreto! Tom dijo ansiosamente

—Ya hemos determinado que regresar y cambiar cualquier cosa excepto el pasado inmediato podría tener complicaciones desastrosas que ni siquiera podemos predecir, continuó Paul.

—Exactamente.

—Entonces comencé a pensar, ¿qué se puede hacer con esta tecnología además de cambiar el pasado? Finalmente, se me ocurrió algo, —dijo Paul y luego hizo una pausa.

Tom lo miró con impaciencia, "Bueno, ¡suéltalo!"

Paul soltó una ligera carcajada y continuó: "Usamos esta tecnología para regresar y estudiar el pasado, asegurándonos de no cambiar accidentalmente el curso de los eventos".

Tom esperó a que continuara, sin estar completamente seguro de adónde iba. Hasta ahora, esto no fue muy emocionante.

Paul vio que su explicación no se había arraigado por completo. "Hay misterios que la sociedad lleva años estudiando y aún no tiene respuesta. Verá, no evitamos el asesinato del presidente Kennedy, podríamos enviar historiadores de regreso y observar, documentarlo y averiguar qué sucedió realmente. U otra opción, piense en lo más fácil que sería si los arqueólogos pudieran regresar y ver la antigua civilización antes de excavar su sitio actual".

En este punto, Tom asintió con la cabeza entendiendo, y Paul se relajó un poco al ver que las cosas se estaban asimilando.

—Ahora la parte emocionante. Antes de hacer esto público, retrocedemos en el tiempo y respondemos y documentamos uno de los temas más debatidos de todos los tiempos, —explicó Paul.

—¿Qué tema es ese? —preguntó Tom.

La sonrisa de Paul era ahora de oreja a oreja ante la pregunta de su amigo; de hecho, era la única pregunta que necesitaba que Tom le hiciera. Antes de que Paul respondiera, señaló teatralmente a la pared justo encima y detrás de la cabeza de Tom.

Cuando Tom se volvió y miró la imagen en la pared, Paul respondió: "Vamos y averiguamos si Él realmente era el Hijo de Dios".

Ante esto, Tom giró la cabeza hacia atrás y miró a Paul con una expresión de completo shock en su rostro.

Capítulo Doce

Tom pudo sentir el color desaparecer de su rostro cuando Paul hizo su sugerencia. Durante varios momentos se quedó sentado mirando la sonrisa en el rostro de Paul. Fue la cosa más absurda que jamás había escuchado.

Después de superar la conmoción inicial, y cuando empezó a pensar en ello, empezó a sentirse un poco emocionado por la propuesta.

No solo fue una oportunidad de ver a Cristo en persona, sino que también fue la oportunidad de demostrar a millones que Cristo era el verdadero Hijo de Dios.

Tom había fantaseado a menudo con conocer al Señor, pero ahora tenía la oportunidad de volver y verlo en persona. Parecía loco y fantástico al mismo tiempo.

—¿Qué tienes en mente, Paul? —preguntó Tom.

—Bueno, estaba pensando en cuál sería una excelente manera de demostrar esta tecnología y se me ocurrió esta idea. Una pequeña apuesta entre nosotros dos. Si retrocedemos y probamos que Jesús fue un gran profeta y maestro, pero nada más, toma esa foto y escribe personalmente los hallazgos. Incluyendo la prueba de que Cristo no era divino, —dijo Paul con una sonrisa.

—¿Y qué sucede cuando probamos que es el Hijo de Dios? Tom preguntó.

—Si eso sucede, tendremos pruebas, y me aseguraré no solo de documentarlo cuando lo hagamos públicos, sino de comenzar a ir inmediatamente a la iglesia contigo los domingos.

Tom estaba asombrado por la oportunidad que de repente se le había presentado. No solo la oportunidad de conocer a Cristo, sino que finalmente lograría que Pablo fuera a la iglesia con él.

Antes de que tuviera tiempo de considerar las implicaciones de la apuesta, dijo: "Trato hecho".

—¡Excelente! Paul dijo extendiendo su mano, que Tom rápidamente estrechó.

—Entonces, ¿tienes un plan de cómo se reducirá esto? —preguntó Tom.

—Sólo las primeras etapas de uno, comenzó Paul. "Tendremos que completar las unidades de mochila y llegar en ese período de tiempo a un punto acordado. A continuación, tendremos que registrar sucesos específicos sin detección y luego regresar a casa".

—Esto va a requerir mucha preparación; tendremos que obtener vestimenta nativa, conocer la zona y determinar buenos miradores, todo antes de regresar. Sin mencionar que no hablaban inglés en esa región, y debemos estar absolutamente seguros de no cambiar la historia, —agregó Tom.

—Ahora ves por qué estoy tan emocionado, —dijo Paul. "No se trata solo de retroceder uno o dos días en un laboratorio. Esto implicará interactuar con la cultura de hace dos mil años. Todo el tiempo asegurándonos de evitar que se conozca nuestra identidad. Será la aventura de su vida".

—Linda tiene un amigo en el trabajo, Jeff Collins. Su esposa es profesora en la Universidad de Boston. Enseña historia y se especializa en ese período. Hemos cenado un par de veces y apuesto a que si la llamo podríamos interesarla en hacer alguna consultoría para prepararnos para esto.

—¿Puedes llamarla ahora? Paul preguntó emocionado.

—Ella trabaja la mayoría de los días, pero puedo dejarle un mensaje para que llame a mi celular.

—Excelente, dile que le pagaremos cincuenta dólares la hora por su tiempo, —dijo Paul.

Paul se puso de pie y se paseó por la habitación mientras Tom hacía la llamada telefónica y dejaba el mensaje.

Después de que Tom colgó, dijo: "Si ella no está interesada, le pediré que me dé el nombre de alguien que podría estarlo. No me sorprendería que conociera a otros profesores con experiencia en esta área. Sé que asiste a varias conferencias cada año, debe tener algunos contactos".

—Suena bien para mí. Deberíamos poder conseguir a alguien, —dijo Paul.

—¿Qué más crees que tendremos que hacer para prepararnos para esto? —preguntó Tom.

—No lo sé, pero deberíamos pensar en ello y hacer una lista de todo lo que se nos ocurra", respondió Paul. Luego, después de un momento, —agregó. "Supongo que deberíamos determinar cómo vamos a lograr esto. ¿Qué se necesita para probar o refutar que Él es el Hijo de Dios? ¿Qué estamos buscando? Quiero decir, no creo que simplemente acercarme a él y preguntarle sea el mejor enfoque".

Tom pensó en esta pregunta por un momento y luego dijo: "Eso es fácil. Existe una prueba histórica de que Cristo vivió. Incluso los no creyentes lo reconocen como un gran maestro. Entonces, aunque me encantaría escucharlo enseñar, eso no probaría nada. Incluso algunos de los milagros que realizó podrían ser explicados por escépticos, como tú. Tom sonrió y Paul asintió. "Pero hay una forma clara de probar o refutar su deidad".

—¿Qué es eso, presenciar su muerte en la cruz? No estoy

seguro de que eso me convenza. Crucificaron a mucha gente en aquellos días, —preguntó Paul.

—No, su muerte no, todos mueren. Su resurrección. La resurrección de Cristo es el único evento que deja en claro que él fue mucho más que un gran maestro y profeta. Al salir de la tumba tres días después de su muerte, cumplió las promesas del Antiguo Testamento que se registraron más de mil años antes. Con eso, comprobó que es el Hijo de Dios. Una vez leí un libro que decía que si alguien alguna vez quería destruir el cristianismo, lo único que tenía que hacer era refutar la resurrección. Si miramos la tumba y alguien roba el cuerpo o algo así al tercer día, es una gran mentira. Pero si sale de la tumba solo, estaría probado.

—Entonces, ¿estás diciendo que todo lo que tenemos que hacer es llegar allí y ver si sale de la tumba o no? Eso no es demasiado difícil, —dijo Paul.

—Hay un poco más que eso. Nadie sabe con certeza dónde está exactamente la tumba. Tendremos que localizarlo. Además, si lo mostramos saliendo de la tumba, todavía habrá algunos escépticos que no creerán. Quiero anticiparme a sus argumentos y evitarlos antes de tiempo.

—Está bien, te lo compro, —dijo Paul. "Escribiremos cualquier otra cosa que se nos ocurra y luego repasaremos todo lo que se nos ocurra. Mientras tanto, quiero hablar con los chicos del laboratorio. Necesitamos averiguar qué tan grandes y pesadas serán estas unidades de mochila, y también cuánto consumo de batería experimentaremos allí. Necesitamos saber cuánto tiempo podremos pasar en el pasado. Para que los sistemas mantengan el camino de regreso, necesitaremos mantener las unidades operativas en todo momento. Eso significa una fuga de energía constante en una sociedad que está a mil ochocientos años de comprender la electricidad".

—Muy bien, —coincidió Tom. "Este no es un viaje que

emprenderemos muy pronto. Habrá una planificación y preparación considerables involucradas. Lo necesitaremos para documentar todas las cosas para las que tendremos que prepararnos. También queremos que se documente toda nuestra planificación para que, una vez que esté completo, podamos combinarlo todo con la documentación que finalmente lancemos".

—Bien, parece que hemos empezado bien. Avíseme si la profesora acepta reunirse y cuándo estará aquí. Me voy a poner en marcha; Quiero llegar al laboratorio antes de que el equipo termine el día.

Cuando Paul se levantó para irse, Tom volvió a hablar. "Una última cosa que quiero revisar corriendo junto a ti".

Paul se volvió pero no volvió a tomar asiento.

—Yo estaba pensando; necesitamos una forma de comunicarnos con nosotros mismos en el pasado en caso de una emergencia.

Tom pudo ver de inmediato que Paul no lo estaba siguiendo, por la expresión de perplejidad en su rostro.

—Piénselo de esta manera, digamos que retrocede en el tiempo en un experimento y algo sale mal. Tal vez un error de cálculo, una falla del equipo o algo. Después de determinar cuál era el problema, tendría que retroceder en el tiempo para evitar que el incidente ocurriera. Necesitamos una forma de comunicarnos con nosotros mismos del pasado para transmitir el mensaje de que hay una crisis relacionada con el viaje en el tiempo, y las instrucciones que dejemos deben seguirse con precisión.

—Me gusta eso. Creo que necesitamos un código que nos diga que existe tal emergencia, una específica de un cambio en el pasado que salió mal, Paul hizo una pausa y agregó: "Algo así como una crisis cuántica".

—¿Crisis cuántica? Vaya, eso es un poco tonto. ¿Qué tal simplemente CC para abreviar?

—Ok, supongo que suena mejor. Si no hay nada más, estaré en el laboratorio, que pases una buena noche.

Tú también, Paul.

Capítulo Trece

CATHERINE COLLINS ESTABA CANSADA. HABÍA SIDO UN DÍA largo que terminó siendo una semana aún más larga. Ahora aquí estaba renunciando a su viernes por la noche para conocer a algunas peculiaridades sobre un proyecto de consultoría. La única razón por la que estaba considerando este trabajo era porque ella y su esposo acababan de terminar de remodelar su casa. Habían terminado gastando más del doble de lo que habían presupuestado.

Luego, mientras pensaba en ello, tuvo que admitir que, dado que era Tom Wallace quien había llamado, probablemente se habría reunido con él, pero probablemente no un viernes por la noche. Había conocido a Tom y Linda en varias ocasiones, ambos eran grandes personas y Tom era más que un poco atractivo.

Condujo el nuevo Volvo negro al estacionamiento que pertenecía al Instituto Kingsman y quedó impresionada de inmediato. Esta instalación estaba escondida y fuera de la vista. Nunca hubiera sospechado que un edificio de aspecto tan impresionante estaba ubicado en las afueras de la ciudad. No creía que mucha gente supiera siquiera que estaba aquí.

Solo había otros tres vehículos en el estacionamiento, por

lo que se detuvo cerca y, por costumbre, se aseguró de estar estacionada directamente debajo de uno de los grandes postes de luz. Aún no había anochecido, pero si esta reunión duraba más de una hora, sería cuando ella regresara a su auto.

Salió del vehículo y presionó el botón del llavero remoto que cerraba todas las puertas, mientras caminaba hacia el edificio.

Mientras subía los escalones y se acercaba a las puertas, Tom Wallace le abrió la puerta y, con una sonrisa genuina, entró en el vestíbulo.

—Catherine, me alegro de que hayas venido ¿Tuviste algún problema encontrándonos? —preguntó Tom.

—Para nada, las direcciones estaban bien y estoy algo familiarizada con el área. Simplemente no sabía que había una instalación como está ubicada aquí en la ciudad.

—Así es. Paul, nuestro director, eligió esta ubicación para que estuviéramos cerca, pero también fuera del camino y más al grano, fuera de la vista.

Cuando Tom volvió a cerrar la puerta, Catherine miró a su alrededor y continuó con sus preguntas. "¿Qué es lo que hacen ustedes en el Instituto Kingsman?"

—Paul Kingsman fundó el instituto hace varios años para estudiar la mecánica cuántica y tratar de desarrollar aplicaciones prácticas para las teorías que rodean ese campo, —explicó Tom mientras se dirigía a la escalera mecánica que conducía a un nivel.

Catherine lo siguió justo detrás, todavía haciendo preguntas. "¿Así que ustedes son físicos?"

—Exactamente.

—¿Estás seguro de que comprendes el campo de estudio en el que estoy involucrada?

Tom contuvo una pequeña carcajada y respondió: "Eres una historiadora especializada en Oriente Medio. Te enfocas específicamente en los eventos de hace unos dos mil años.

También creo que conoces bien los idiomas y dialectos de esa época".

—Bien. Temía que hubiera cierta confusión en cuanto a mi área de especialización. ¿Para qué necesitarían la consulta de un historiador? —preguntó Catherine.

En lugar de responder, Tom dijo: "Estamos aquí". La dirigió a una gran sala de conferencias. La habitación tenía una gran mesa ovalada en el centro. Alrededor de una docena de sillas rodeaban la mesa. Sobre la mesa había dos computadoras portátiles, una de las cuales estaba conectada a un gran monitor LED en la pared. También había una unidad flash USB con un trozo de papel envuelto alrededor de la mesa, junto con una carpeta de papel manila y una variedad de bolígrafos y marcadores.

Paul levantó la vista de su computadora portátil y le sonrió.

—Profesora Collins, soy el Dr. Paul Kingsman, el director de esta instalación. Por favor, llámame Paul. Mientras se estrechaban la mano, Paul continuó. "Tom me ha hablado de sus credenciales. Sugiere que usted podría ser la persona adecuada para brindar alguna consulta sobre un proyecto que estamos llevando a cabo aquí".

—Gracias por invitarme. Estoy un poco confundida acerca de lo que mi experiencia puede hacer por usted, —dijo Catherine.

—Entiendo, sin embargo, antes de que lleguemos a eso, debo obtener su firma en un acuerdo de confidencialidad, —dijo Paul deslizando un documento de cuatro páginas hacia ella, luego agregó: "Actualmente no hacemos ningún trabajo gubernamental clasificado, pero La naturaleza de nuestro proyecto se mantiene en el absoluto secreto en este momento".

Mientras Catherine miraba el documento, notó que estaba empezando a sentirse un poco incómoda sobre en qué se estaba involucrando. Sin embargo, su curiosidad alcanzó su punto máximo y la única forma en que alguna vez supiera de qué se trataba, era firmando el documento. Mientras lo hojeaba rápidamente, notó las declaraciones que prometían un recurso legal en caso de que revelara a alguien la naturaleza del trabajo realizado en el Instituto Kingsman. Después de una breve consideración, recogió el bolígrafo de la mesa y firmó los documentos.

—Excelente, comenzó Paul. "Tenemos una pequeña presentación para usted que, con suerte, le explicará lo que estamos haciendo y lo que nos gustaría que nos proporcione al contratarla".

Tom apagó las luces y comenzó una presentación de PowerPoint. Contenía una explicación elemental de la teoría cuántica, y luego Paul continuó con una descripción del trabajo que estaban haciendo en el Instituto Kingsman. "Hemos estado trabajando en la creación de un proceso que nos permitirá, a falta de una mejor descripción, navegar a través de la barrera del espacio-tiempo hacia otro punto en el tiempo. Una vez que podemos navegar a una hora y un lugar específicos, nuestro equipo no tiene ninguna dificultad para transportarnos a ese punto en el tiempo".

La expresión de Catherine era de incredulidad. —¿Quieres decir que estás trabajando para viajar en el tiempo? ¿Tiene un vehículo que viaja atrás en el tiempo? Había un tono definido de duda en su voz.

—Eso es más o menos lo que hemos hecho, —explicó Tom.

—Bueno, debes disculparme si parezco un poco incrédula, pero lo que estás describiendo parece completamente asombroso.

—Lo sé. Hemos estado trabajando en este proyecto durante mucho tiempo y todavía nos parece un poco absurdo también, —dijo Tom.

—Quiero mostrarte algo más, —agregó Paul. Pulsó una serie de teclas en la computadora portátil, terminó el Power-

Point y comenzó una presentación en video. Los clips pertinentes de muchos de los experimentos originales cobraron vida en la pantalla. Tom narró, y Catherine vio como Clyde aparecía y desaparecía y más tarde como Paul y Tom y otros miembros del equipo también dejaron la hora actual o regresaron a ella.

Catherine parecía un poco menos dubitativa, pero aparentemente todavía no estaba del todo convencida. "Entonces, ¿construiste una máquina del tiempo que cabe en un carro y la llamaste Clyde?"

Sonriendo, Tom respondió: "No exactamente. El equipo que está en el laboratorio y en el sótano hace la mayor parte del trabajo. Eso sería lo que llamas la máquina del tiempo. Clyde es la parte que hace el movimiento real a través del tiempo".

—Sé que todavía tiene dudas, así que quiero realizar un pequeño experimento, para demostrarle que lo que le estamos diciendo es real, lo llevaremos atrás en el tiempo para dejarle obvio que esta tecnología es real, —agregó Paul.

Catherine inmediatamente deslizó su silla hacia atrás un poco y sintió que su cuerpo se ponía rígido. "No creo que quiera hacer eso".

Tom empezó a tratar de discutirlo más, pero Paul lo interrumpió. "Tom, hay algo de lo que no eres consciente, y aún no conozco todos los detalles, pero tengo una idea mejor".

Había una clara expresión de sorpresa en el rostro de Tom, pero no dijo nada más.

—Catherine, lo que tú y Tom necesitan escuchar es que treinta minutos antes de tu llegada, Tom y yo preparamos esta sala de conferencias y preparamos esta presentación para ti. Después de eso, fuimos a mi oficina y compartimos comida china. Cuando las cámaras de seguridad detectaron tu coche, Tom fue a dejarte entrar y yo volví a esta habitación. Al llegar aquí, esta nota y la unidad flash estaban sobre la mesa. No estaban aquí cuando nos marchamos. He leído la nota pero no he visto el archivo de vídeo en la unidad. Llegaste aquí antes que yo. Paul le entregó la nota a Catherine y notó la expresión de desconcierto en el rostro de Tom.

Catherine tomó la nota y la abrió, tan pronto como comenzó a leerla, su rostro se puso pálido y sus manos temblaron levemente. Lo leyó tres veces antes de dejarlo.

—¿Qué dice la nota? —preguntó Tom. La mirada de confusión en su rostro se desvaneció a medida que su comprensión comenzó a desarrollarse.

—Parece ser una nota que me escribí a mí mismo. Está claramente en mi letra y hay una anotación en la parte inferior, nada vergonzoso, sino un detalle trivial de mi juventud que solo yo sabría. El problema es que nunca escribí esto, — dijo Catherine.

—No lo ha escrito todavía, pero lo hará, —explicó Paul.

—¿Qué dice? Tom preguntó de nuevo.

—Me dice que mire el video y te crea. También dice que el video me sorprenderá, pero que debería relajarme y creer.

—Vamos a verlo entonces, —sugirió Tom. Tomó la unidad flash y la insertó en la computadora portátil. La computadora portátil está conectada al televisor LED de pantalla plana grande con un cable largo.

Apareció la estática, y luego la imagen cobró vida. De inmediato, Catherine lanzó un grito ahogado mientras miraba su propia imagen en la pantalla. En la pantalla, ella vestía el mismo atuendo que se había puesto hoy y estaba sonriendo a la pantalla y luciendo un poco emocionada.

—Sé que tienes dudas y estás un poco nerviosa, —dijo la voz en la pantalla, —pero la pequeña demostración que me mostraron me convenció, estos tipos pueden enviar a alguien de regreso. Debatí y resistí durante dos horas antes de volver a regañadientes. Así que no pierdas el tiempo, hazlo ahora y tú o yo podré llegar a casa a una hora decente.

Con eso, la estática volvió a la pantalla y Tom apagó la televisión.

—Guau. Eso fue extraño, —dijo en voz baja, apenas audible.

—Vayamos al laboratorio y le mostraremos cómo lo hacemos, —sugirió Tom.

—Bueno, supongo que no puedo discutir conmigo misma, —acordó Catherine de mala gana. Se puso de pie y los siguió lentamente fuera de la habitación. Avanzaron por el pasillo y luego subieron a un ascensor que parecía subir al menos dos pisos. Cuando salieron, estaban en un largo pasillo. Varias puertas conducían al pasillo, dos de las cuales llevaban al gran laboratorio frente al ascensor. El laboratorio era visible a través de las paredes transparentes de plexiglás. El área era espaciosa y parecía muy ordenada. Había ocho estaciones de trabajo, cada una con varias computadoras configuradas en cada una. En el centro había una gran área de trabajo y había una gran cantidad de equipo instalados allí, algunos de ellos estaban conectados a computadoras y parecía como si aún se estuvieran ensamblando. Cuando entraron al laboratorio, inmediatamente se dirigieron hacia la izquierda. Catherine vio lo que parecía una versión modificada del carrito de equipo que había estado en la presentación. Recordó que esta había sido la unidad que había hecho los primeros viajes a través de la barrera cuántica. Sin embargo, el carro ahora tenía cuatro asientos fijados permanentemente, uno a cada lado.

La forma en que estaba organizado la gente se sentaba en el carro con las piernas colgando de los lados. Había una gran pieza de equipo encapsulada sujeta a la parte superior, detrás de los asientos. Una computadora portátil modificada estaba en un brazo flexible. Se había colocado frente a uno de los asientos.

Los cables de alimentación y de datos iban desde el carro del equipo hasta una de las paredes del laboratorio. Cuando se acercaron, Tom fue al carrito y comenzó a escribir en el teclado, inmediatamente el equipo comenzó a zumbar.

—Lo que vamos a hacer es llevarte en un breve viaje en el

tiempo, —explicó Paul, "No nos iremos por mucho tiempo y no iremos muy lejos. Necesitamos que comprenda completamente lo que podemos hacer. ¿OK?"

—Supongo, —dijo Catherine vacilante.

—La computadora calculó el camino, así que ven aquí y siéntate frente a mí, —dijo Tom.

Paul la tomó del brazo y la condujo hasta el carro; tomó asiento e inmediatamente volvió la cabeza para mirar por encima del hombro a Tom que estaba sentado frente a ella. Estaba introduciendo comandos a la computadora.

—¿Debería ponerme este cinturón de seguridad? —preguntó Catherine.

—Puedes si así lo deseas. Algunas personas se sienten más cómodas con él, pero no es necesario. No experimentarás ningún movimiento físico, —explicó Tom.

—¿Esto dolerá?

—En absoluto, —dijo Paul tratando de sonar tranquilizador, mientras se encontraba junto a una de las estaciones de trabajo en el laboratorio.

En ese momento se escuchó una voz desde algún lugar del carro. Inició en seis y comenzó a contar hacia atrás.

—Aquí vamos, llamó Tom.

Cuando la voz llegó a cero, Catherine ya estaba conteniendo la respiración. Sintió un breve obturador y luego todo pareció oscurecerse. Su ansiedad se duplicó de inmediato, y luego Catherine se dio cuenta de que no estaba oscuro, solo más oscuro. Ella todavía estaba en el laboratorio, pero las luces se habían apagado.

Cuando empezó a mirar a su alrededor, se dio cuenta de que Paul se había ido y Tom caminaba hacia ella desde el otro lado del carro.

—¿Estás bien? —preguntó.

—Creo que sí. ¿Lo logramos?

—Claro que sí. Te dije que sería indoloro, —dijo Tom

sonriendo, mientras tomaba su mano y la guiaba fuera del asiento.

Ella lo siguió hasta la puerta y preguntó: "¿Y ahora qué?"

—Te vamos a demostrar que hemos vuelto. Solo regresamos un poco menos de una hora, pero se aclarará. Sígueme.

Mientras lo seguía, se encontró mirando a su alrededor como si acabara de llegar a esta instalación. Fueron al frente del edificio y entraron en la oficina que generalmente estaba ocupada por Ben Darling, Oficial de Finanzas, o eso decía la etiqueta con su nombre en la puerta.

La habitación estaba a oscuras, pero había suficiente iluminación proveniente del estacionamiento para que pudiera distinguir el contenido de la habitación.

—Ven por aquí, —dijo Tom y la llevó detrás del escritorio y hasta la ventana grande que daba al estacionamiento.

Mientras miraba hacia afuera, sintió que su corazón se aceleraba brevemente cuando notó que su auto no estaba en el estacionamiento. Por un breve momento temió que se lo hubieran robado, pero con la misma rapidez se dio cuenta de lo que estaba pasando y de lo que Tom quería mostrarle.

Esperaron varios minutos sin decir una palabra y luego hubo un vehículo entrando al lote y acercándose al edificio. No tuvo que mirarlo detenidamente para saber que era su coche. Observó con asombro cómo se estacionaba junto al poste de luz y se vio a sí misma salir del auto con su bolso y dirigirse hacia la puerta.

De repente, detrás de ella, escuchó la voz de Tom gritar desde el pasillo: "¿Tienes una buena vista?"

Estaba a punto de responder cuando se dio cuenta de que Tom también estaba a su lado.

—Vamos, —dijo Tom a su lado.

Se apresuró a mantener el ritmo mientras él salía de la habitación. Vieron por encima del bajo muro y miraron hacia el atrio a tiempo para ver a Tom bajar de la escalera mecánica y dirigirse hacia la puerta principal.

—Esto es demasiado extraño. Éramos dos de nosotros.

—Tenemos que darnos prisa, ahora, —dijo Tom.

Se apresuraron a bajar a la sala de conferencias y él tomó una pequeña cámara de video. "Tienes que hacer el mensaje de video para que podamos dejarlo para que Paul lo encuentre".

Le dio unos segundos para calmarse y luego comenzó a filmar. Tan pronto como ella terminó, él sacó la unidad USB y tomó una hoja de papel.

Tomó un bolígrafo y rápidamente se escribió una nota, en ese momento las preguntas se estaban formando en su cabeza cada vez más rápido, pero entendió que deberían salir de aquí antes de que llegara alguien.

Terminaron su trabajo y se apresuraron a salir por la puerta, al doblar la primera esquina casi chocan directamente con Paul, que se dirigía a la sala de conferencias. Todos se congelaron en seco, ambos lados mirándose el uno al otro. Entonces Paul puso una leve sonrisa en su rostro. "¿Hubo algún problema?"

—Sólo una cuestión de tiempo, le aseguró Tom. "Deberíamos llegar a la sala de conferencias en solo un minuto".

—Bien, entonces todos deberíamos irnos. Lamento darle prisa, profesora Collins, pero necesito ir a conocerla. Con una leve risa de su propia broma, Paul entró en la sala de conferencias.

Tom y Catherine se escabulleron y regresaron al laboratorio. Tan pronto como entraron al laboratorio y las puertas se cerraron, ambos se echaron a reír tanto que no pudieron hablar y tuvieron que sentarse.

Finalmente, Catherine pudo decir: "Puede que esté confundida sobre gran parte de esto, ¡pero sé que fue gracioso!"

—Sí, lo era. Todos nos miramos como si no supiéramos qué hacer. La mirada inicial en el rostro de Paul no tiene precio.

—Sin embargo, lo entendió rápidamente, —agregó.

—Una vez que te familiarizas con el funcionamiento de todo esto, casi te das cuenta de que tu forma de pensar también cambia. Es casi como si empezaras a incluir el concepto de viaje en el tiempo en tu proceso de pensamiento diario.

—Bueno, ustedes ciertamente me han convencido. Simplemente no entiendo para qué me quieres, —dijo Catherine.

—Regresemos y repasaremos esa parte, —sugirió Tom.

—Suena bien. Paul está sentado allá atrás esperándonos.

—En realidad no lo es, —dijo Tom. Cuando vio la mirada de perplejidad en su rostro, agregó: "El sistema nos devolverá al punto exacto en el tiempo del que partimos. Cuando regresemos, a pesar de que pasamos más de diez minutos aquí, solo habremos ido unos segundos. Lo que eso significa es que si retrocediera en el tiempo y permaneciera allí durante un año completo y luego regresara, sería un año mayor, pero solo habrían pasado unos segundos".

Catherine se sentó en el asiento del carro y comenzó a pensar en lo que había dicho Tom. Mientras pensaba en ello, se dio cuenta de lo que quería decir con la necesidad de tener una forma de pensar completamente nueva para seguir algunos de estos conceptos. Sus pensamientos fueron interrumpidos por el sonido de la voz computarizada contando hacia atrás.

Capítulo Catorce

Momentos después, regresaron a su propio tiempo.
Paul todavía estaba de pie en el lugar exacto en el que estaba
cuando se fueron. Esta vez, Catherine saltó del asiento sin
vacilar ni ayuda.

—Está bien, estoy convencida, —dijo.

—Lo sé. Pude ver eso cuando te vi allá atrás, —explicó
Paul.

Tom solo tardó un par de minutos en apagar los sistemas y
asegurar el carrito.

Para entonces, Paul y Catherine se habían sentado en una
de las mesas de trabajo.

—Una cosa que no entiendo, —dijo Catherine, —en realidad, hay varias cosas que no entiendo. Vi la grabación y leí la
nota. Por eso estaba dispuesta a volver. Una vez que estuve
allí, creé el video y escribí la nota que había leído. ¿Y si no
hubiera hecho eso cuando Tom y yo regresamos? Quiero
decir, lo vi y lo leí, pero ¿y si, cuando volviera, decidiera que,
como ya lo había visto y leído, no lo escribiría?

Paul asintió entendiendo y respondió. "Esa es la paradoja
clásica del viaje en el tiempo. Regresaste por la grabación,
pero cuando regresaste, decidiste que, como la habías visto, no

te molestarías en crearla, así que regresaste. Bueno, ahora la grabación nunca se habría creado y tú te habrías mostrado reacia a ir, así que cuando finalmente lo hagas, crea el video. Es similar a la idea de que si retrocedes en el tiempo y matas a tu madre antes de ser concebida, nunca nacerás y, por lo tanto, no podrás regresar y matarla. Así que nacerás y luego volverás y la matarás. Hay varias teorías sobre este tipo de cosas. Esta es solo una de las cosas que todavía estamos tratando de entender".

Catherine asintió lentamente con la cabeza. "Eso tiene sentido, creo. Voy a necesitar un momento de tranquilidad para trabajar con todas estas nuevas ideas. Aún queda la pregunta principal. ¿Para qué estoy aquí?"

Paul le sonrió y respondió. "En realidad, estás aquí para ayudarnos a liquidar una apuesta".

—¿Qué? ¿Una apuesta? —preguntó mirando a los dos hombres que estaban sentados frente a ella.

—Bueno, hay algo más que eso, —explicó Tom.

—Es cierto que la hay, continuó Paul. "Verá, ahora que hemos demostrado que podemos hacer esto, tenemos un gran problema. ¿Qué hacemos con esto? Es demasiado peligroso permitir que alguien tenga acceso completo a él. Y mucho menos el hecho de que si se corriera la voz de que había personas que podrían retroceder en el tiempo, habría problemas importantes. Solo piense en lo que sucedería si se hiciera público que esto fuera posible, y la gente pudiera obtener los resultados de las operaciones bursátiles de cientos de empresas. Que podrían manipular fácilmente el comercio de acciones para obtener ganancias garantizadas, los mercados de valores de todos los países del planeta colapsarían por completo de la noche a la mañana y probablemente nunca se recuperarían. Habría el pensamiento constante de que cualquier cosa que sucediera podría haber sido manipulada, incluso si esto no fuere así. Habría resultados desastrosos, posiblemente el colapso total de la civilización humana. Entonces, ya ve, tenemos que decidir a quién se lo diremos y cómo. Una cosa que necesitaremos es una buena demostración de nuestras habilidades. Entrar y salir del tiempo en el laboratorio es divertido e impresionante, pero necesitamos algo que realmente muestre nuestras capacidades. Empezamos a pensar a dónde ir y decidimos hacer una apuesta. Tom aquí está muy dedicado a su fe. Personalmente, no me lo tomo muy en serio. Gran parte de esas cosas religiosas se pueden explicar científicamente fácilmente. Además, simplemente no creo que haya algún Dios ahí afuera que nos esté cuidando. Tom dice aquí que hay un evento específico que puede probar o refutar el cristianismo".

—La resurrección de Cristo, —dijo Catherine.

—Exactamente. Vamos a volver atrás y verlo todo suceder. Lo vamos a grabar y documentar cada minuto del viaje. Cuando regresemos, no solo podremos mostrar nuestras habilidades, sino también ofrecer pruebas al mundo. Prueba de que responderá a uno de los mayores debates de todos los tiempos.

—Ok, lo veo, pero ¿Cómo se come eso?

Antes de que Paul pudiera responder, Tom respondió. "Si la resurrección no ocurrió, entonces Cristo fue solo un maestro. Un maestro excelente y eficaz, pero solo un hombre, y no Dios. No creo ni por un segundo que lleguemos a esa conclusión. Pero por el bien de la discusión, si lo hacemos, entonces ha habido miles de millones de cristianos a lo largo del tiempo que han estado desperdiciando su tiempo y recursos en vano. Estaría obligado, según los términos de la apuesta, a que el mundo lo sepa".

Paul continuó. "Además, si hay un Dios, y probamos que la resurrección ocurrió, entonces no quiero estar en su lado malo. Si hay cosas que él me indica a mí y a otros que hagamos, quiero estar a bordo con él. Si realmente hubo una resurrección, como mi parte de esto, me comprometeré a usar la información que traemos para demostrarle a la mayor cantidad de personas posible que debemos seguir a Cristo".

—Esa es una gran apuesta; uno de ustedes experimentará algunos cambios importantes en su vida, —comentó Catherine.

—Paul asintió con la cabeza y agregó: "A mi modo de ver, hay una gran pregunta ahí fuera. Una vez que encontremos la respuesta, simplemente compartiremos lo que hemos aprendido. Ninguno de los dos está diciendo que vamos a afeitarnos la cabeza y sentarnos en la esquina de una calle gritando para que la gente crea o no crea. Simplemente haremos lo que podamos para decirle a la gente lo que hemos aprendido".

—¿Y cuál será mi parte en esta expedición? —preguntó Catherine.

—Necesitamos información de antecedentes sobre el período de tiempo y la cultura. También necesitaremos algunas habilidades lingüísticas rudimentarias. Tendremos que mezclarnos con la multitud. Registraremos los eventos que ocurran, pero debemos asegurarnos de no destacarnos, —explicó Tom.

—Nos reservaremos y evitaremos situaciones que requieran más que una mínima interacción social. Nuestras ropas, acciones e incluso gestos deben ser auténticos. Tendremos que asegurarnos de llevar los artículos apropiados que las personas de esa época habrían tenido, —agregó Paul.

—Creo que ustedes dos están locos, —dijo Catherine. "¿De verdad crees que puedes sumergirte en una cultura extraña, cuyos idiomas no hablas y deambular con éxito durante un día y grabar un evento específico sin que te detecten? ¿Qué pasa si se te acercan o te confrontan? ¿De verdad crees que puedo darte las habilidades lingüísticas necesarias para que nadie sospeche? ¿Cuántos años planeas prepararte para este viaje? Porque tomará años prepararlos a los dos para algo como esto".

—En realidad, profesora, —dijo Paul, —planeamos estar

allí más de un día. Sabía que esto no ayudaba a su argumento, pero era todo lo que tenía en ese momento.

—¿Cuánto tiempo planeas quedarte?

—Eso aún está por determinar. Nuestra gente todavía está trabajando en la tecnología; Dependerá del consumo de energía que tengan los sistemas. Verás que una vez que llegas allí, todos los datos del viaje de regreso residen en las computadoras de a bordo que te acompañan. Si pierden energía, todos los datos para la devolución desaparecen y la devolución es imposible. Así que cosas como el consumo de energía y la duración de la batería son problemas importantes, —explicó Paul.

—¿Por qué no se pueden guardar los datos devueltos en un disco duro y recuperarlos cuando se reinicia el sistema? Entonces podrías permanecer indefinidamente mientras puedas volver a activar el sistema, —preguntó.

—No es solo un mapa de casa lo que está en los sistemas. Hay un vínculo activo que debemos mantener. Piensa en esto, de esta manera. Si llamas al teléfono celular de alguien y responde, puedes mantener la conexión establecida incluso si nadie habla. Pero si la batería del teléfono celular se agota, entonces ha terminado. En nuestra situación, no podemos iniciar la llamada entre sistemas en diferentes momentos; podemos mantenerlo, pero no iniciarlo.

El interés de Catherine alcanzó su punto máximo y se mostró en todas las preguntas que hizo. "Dijiste que la parte principal de la máquina del tiempo está aquí en el sótano. ¿Cómo transportarás algo tan grande al otro lado del mundo para poder regresar a Israel?"

—Gran pregunta, —dijo Tom, contento de que ella pareciera interesada. "No podríamos transportarlo, incluso si tuviéramos que hacerlo. Es demasiado masivo. La relación entre tiempo y espacio es muy compleja. Para retroceder en el tiempo, hay una capa tanto del espacio como del tiempo. Podemos aparecer en cualquier momento y en cualquier

CHRISTOPHER COATES

lugar. Si firmas, eventualmente comprenderás los conceptos básicos de cómo funciona".

—¿Eso significa que puedes tele transportarte?

Paul respondió: "En cierto sentido, nos estamos tele transportando a un momento diferente, y en algunos casos a un lugar diferente. Sin las capas del tiempo, no podemos cambiar de ubicación. Por eso, no podemos cambiar de ubicación sin cambiar de horario".

—Sin embargo, esa es una de las próximas áreas que tomaremos. La tele transportación dentro de la misma línea de tiempo debería ser posible. Ahora que hemos llegado hasta aquí, ese es el siguiente paso lógico. Simplemente no hemos tenido el tiempo ni los recursos para perseguir eso todavía, —agregó Tom.

Catherine asintió lentamente y luego continuó: "Entonces, ¿cuánto tiempo esperas quedarte en el pasado?"

—Mínimo cuatro días. Queremos grabar la crucifixión, pero si podemos llegar unos días antes sería bueno, — respondió Tom. "Pero tal como están las cosas ahora, necesitaríamos llevar cada uno más de cuarenta y cinco kilogramos de baterías para hacer eso. No podemos aparecer en un carrito de servicios públicos. Eso sería demasiado conspicuo; necesitamos tener todo móvil. Estamos trabajando en versiones de mochila del equipo, pero pasarán unos meses antes de que podamos probarlo. Después de eso, nos centraremos en formas de reducir el consumo de energía".

—¿Cuándo esperas hacer el viaje de regreso? Catherine preguntó

—Eso depende de dos cosas. Cuando podamos preparar las nuevas mochilas, y tú. ¿Cuánto tiempo tardaras en prepararnos? Tenemos otros consultores que también participarán.

—¿En serio? —preguntó Catherine. Había una aparente molestia en su voz.

—No, Catherine. No es nada de eso, —dijo Tom con una sonrisa. "No sabemos en qué tipo de situaciones podríamos meternos y queremos prepararnos para cualquier problema. Si nos metemos en problemas, debemos defendernos sin hacerle ningún daño real a nadie. Si llevamos al pasado un arma de fuego para protegernos y matamos a alguien, las posibilidades de que su muerte cambie considerablemente el futuro son enormes. Considera que no solo le estamos quitando la vida, sino la vida de cada uno de sus difuntos. Literalmente podrían ser decenas de miles de personas. Luego, tener en cuenta el impacto que estas personas tuvieron en los demás. Esas interacciones ahora nunca sucederían y millones de personas se verían afectadas. Hay pocas posibilidades de que ninguna de esas personas haya tenido un papel importante en su tiempo. Debemos asegurarnos absolutamente de que nuestra presencia allí no resulte en la muerte de alguien. Así que viene un consultor que nos enseñará técnicas para defendernos, una clase de artes marciales condensada a falta de una mejor descripción. También entrenaremos con otros dispositivos no letales. Habrá capacitación en primeros auxilios en caso de que nos metamos en problemas y no queramos abortar y regresar. Además, no es solo que debemos asegurarnos de no matar a nadie, sino que salvar a alguien que de otro modo habría muerto podría ser igualmente desastroso por la razón opuesta. Habrá algunos equipos especializados con los que no estamos familiarizados y que usaremos; también habrá entrenamiento en eso. Todavía estamos armando una lista de todas las otras cosas que necesitamos saber y para las que debemos estar preparados, en caso de que surja algo inesperado".

—Parece que estás trabajando en la mayor parte de esto, pero mi objeción original sigue siendo la misma, no tendrás las habilidades lingüísticas adecuadas para pasar desapercibido en esa cultura, especialmente si intentas permanecer allí durante varios días. Ciertamente puedo ayudarlos a prepararse, pero sus posibilidades de tener éxito siguen siendo remotas en el mejor de los casos. Hay una forma que podría aumentar en gran medida sus posibilidades de lograrlo, —dijo Catherine.

—¿Qué estás pensando? Paul preguntó vacilante.

—Necesito ir contigo, —dijo Catherine.

—¡Qué! ¿Estás bromeando? Paul exclamó.

—No lo creo, —dijo Tom al mismo tiempo.

—¿Bueno, por qué no? Soy una experta en ese período de tiempo. Entiendo la cultura. Conozco tanto el latín como el arameo. Estoy familiarizada con la geografía e incluso puedo dibujar mapas rudimentarios de Jerusalén de memoria. Si quieres tener éxito, seré invaluable. Catherine explicó.

—Todo eso es cierto, —admitió Tom, "Eso no es lo que estábamos imaginando para este viaje".

Paul los miró en silencio, y después de unos momentos asintió con la cabeza y dijo. "Tendremos que pensar en ello".

—Ok, puedo entender eso. Pero cuando lo discuta, trate de pensar en algunas razones por las que mi participación sería un problema y compárelo con lo que tengo para ofrecer.

—Lo haremos, le aseguró Tom. "Si decidimos no hacerlo, ¿sigues interesada en ayudarnos a prepararnos para el viaje?"

—Ciertamente, no me lo perdería.

—Bien, ¿alguna sugerencia de por dónde deberíamos empezar? Paul preguntó

—Claro, hay dos cosas. Primero, únete a un gimnasio y haz ejercicio tanto como puedas. Caminarás mucho y aparentemente llevarás algo de equipo pesado. Catherine exclamó.

Paul asintió. "Eso ya está en el plan".

—Bien. Además, ninguno de los dos se corte el cabello. El cabello corto no era normal y, a menos que quieras pasar varios días con una peluca incómoda, dejarás que crezca tanto como sea posible. Además, deja de afeitarte. Se necesita barba si no quieres destacar.

—Mira, ella ya está demostrando ser valiosa, —dijo Tom mirando a Paul.

—Una cosa me vino a la mente, —dijo Paul. "Necesitamos saber la fecha exacta a la que deseamos viajar de regreso. ¿Se conoce la fecha real de la crucifixión?"

—Los historiadores han estudiado esto durante años. Hay registros de esa época, así como referencias bíblicas. De todo eso, la fecha más ampliamente acordada es el viernes 3 de abril del año 33 d.C. Hay quienes no están de acuerdo y dicen que es el 30 d.C., pero los números no se ajustan a todos para que eso funcione.

—Sugeriría comenzar desde allí. Si resulta que es demasiado tarde, aprendemos lo que podamos y elegimos la otra fecha, —explicó Catherine.

Sonriendo, dijo Paul. "¡Más información excelente! Se hace tarde y todos tenemos mucho que considerar. Hablaremos de que vayas con nosotros. ¿Podrías empezar a planificar lecciones o algo que nos ayude a conocer los tiempos? Y llámanos o visítanos en unos días y estableceremos un horario de capacitación. Si quieres, podemos instalarte en una oficina aquí, no sé si eso ayudará".

—Suena como un buen comienzo, si tienes una oficina disponible, me lo pondrá más fácil, —coincidió Catherine.

Cuando terminaron la discusión, Tom llevó a Catherine a la puerta principal. "La próxima vez que esté aquí, tendremos una credencial de identificación esperándola".

—Bien, eso facilitará las cosas.

Continuaron la conversación un poco más antes de que Tom y Paul acompañaran a su nueva maestra hasta la puerta.

Capítulo Quince

A la tarde siguiente, Tom llamó a la puerta de la oficina de Paul y luego entró y tomó asiento.

—Lo siento, no entré para discutir anoche contigo antes. A Steph le colocaron sus frenillos hoy, y me tomé la mañana para estar con ella en la oficina del ortodoncista, —explicó Tom.

—Recuerdo que lo mencionaste. ¿Cómo le fue?

—Estaba nerviosa pero no se quejó. Creo que estará un poco adolorida, pero se adaptará rápidamente.

—Bien. Me alegro de que hayas ido. Ahí es donde necesitabas estar, —dijo Paul.

—¿Todavía vendrán a cenar esta noche? Tom preguntó.

—Absolutamente. Cuando termine aquí, me iré a casa a buscar a Michelle y estaremos allí a las seis.

—Bien. Linda y los niños están ansiosos por verlos.

Después de una breve pausa en la conversación, Tom preguntó: "Bueno, ¿qué pensaste de ella?"

Paul levantó la vista de la pantalla de su computadora y asintió brevemente con la cabeza: "Ella parece bastante informada sobre el período de tiempo y está muy interesada".

—Estoy de acuerdo, —dijo Tom, "¿Cómo te sientes acerca de que ella se vaya con nosotros?"

—No lo sé. Una parte de mí quiere decir que no, esto es lo nuestro. ¿Sabes a lo que me refiero?

Tom asintió con la cabeza y luego Paul continuó: "Pero ella tiene razón. No conocemos la zona ni la cultura. En ese momento, ni siquiera podemos hablar el idioma. Supongo que no estoy listo para admitir que necesitamos a un extraño que nos tome de la mano a través de esto".

—Piénsalo de esta manera. Necesitaremos un mínimo de seis meses para prepararnos para esto. Para entonces ya no será una forastera.

—Es cierto, asintió Paul.

—Entonces, ¿la vas a llamar o quieres que yo lo haga? Tom preguntó

—Yo lo haré, pero al menos no hasta mañana. No quiero parecer demasiado ansioso por que ella venga.

Tom se rio y salió de la oficina.

Paul regresó a su computadora y terminó el documento que estaba leyendo en la pantalla. Quince minutos más tarde, cerró la sesión de la computadora y, tomando su bolso, se dirigió hacia la puerta. Se dirigió hacia su coche y sonó una alarma recordatoria en su teléfono. Lo miró y vio que el mensaje decía "Carne".

Normalmente, cuando él y Michelle iban a cenar a la casa de alguien, traían una buena botella de vino. En este caso, sabía que Tom y Linda no bebían con mucha frecuencia. Ni él ni Michelle cocinaron, y ciertamente nada lo suficientemente bien como para impresionar a nadie más. Entonces Paul se había ofrecido a traer los filetes. Tom había dicho que no era necesario, pero Paul había insistido.

Se suponía que Michelle había llamado a la carnicería para tenerlos listos cuando él llegara. Esperaba que ella lo hubiera recordado. No tenía ganas de quedarse esperando a que el carnicero los cortara.

Aparcó lo más cerca posible de la tienda y disfrutó del calor del sol mientras entraba.

Tenía poco tiempo, no quería llegar tarde, esperaba no encontrarse con nadie que conociera y tener que pasar tiempo hablando. Por lo general, era muy sociable, pero cuando tenía que estar en algún lugar, prefería seguir moviéndose. Afortunadamente, cinco minutos después de entrar en el estacionamiento, se iba con ciento diecisiete dólares en filetes de costilla cortados a mano.

Mientras conducía, Paul le envió un mensaje de texto a Michelle y le hizo saber su progreso. Cuando se detuvo en la casa, Michelle salió de inmediato y se subió.

Mientras conducían, discutieron la apuesta. "¿Está Tom tan emocionado con esto como tú?"

—Quizás incluso más, pero por diferentes razones. El verdadero propósito de todo esto es demostrar que nuestro proceso funciona y que tenemos una forma dramática de mostrarle al mundo lo que podemos hacer. Eso es lo que me emociona. Tom siente lo mismo. Sin embargo, la apuesta también lo tiene todo encendido de una manera nueva. Para él, va a llegar a ver a Jesús, y eso significa todo. Incluso podríamos encontrar una manera de hablar con él. No estoy tan interesado en el resultado de la apuesta. Solo quiero tener pruebas, de cualquier manera, que podamos usar para generar entusiasmo por nuestro trabajo en el instituto, —explicó Paul.

—Sé que no es algo de lo que hablemos mucho, pero ¿crees que ganarás? Ella preguntó.

—Tengo un problema con la idea de un Dios todopoderoso. Aquí hay demasiadas cosas arruinadas para que haya alguien que pueda arreglarlo todo con un chasquido de dedos.

—Entiendo lo que estás diciendo, pero crecí en la iglesia. Puede que no esté allí en este momento de mi vida, pero recuerdo lo que aprendí y no puedo simplemente descartarlo. Te deseo suerte, pero no estoy tan seguro de que ganes esto.

Paul se rio y dijo: "Gracias por el apoyo".

Cuando se detuvieron en el camino de entrada de Tom, Michelle respondió: "Lo siento, nada personal". Ella Esperaba que el no estuviera enojado, pero no tampoco le preocupaba. En el año y medio que se habían conocido, había visto en Paul todas las posibles emociones humanas, excepto la ira. Una vez le dijo que rara vez se enoja, pero que cuando lo hace, puede ser feo.

Salieron del vehículo y se dirigieron a la casa. Cuando se acercaron, la puerta se abrió y los dos niños más pequeños de Wallace, Matthew y Mallory, salieron a recibirlos. "Hola Paul, hola Michelle", dijeron los niños al unísono.

—Hola, muchachos, los saludó Paul.

—¿Dónde está Stephanie? —preguntó Michelle.

—Ella está viendo la televisión, se puso los aparatos de ortodoncia hoy y no hace nada más que estar tumbada, —respondió Mallory, de siete años.

—Ay, eso no es divertido, —dijo Michelle, "Cuando era niña tuve que usar frenillos durante tres años. Tal vez iré a hablar con ella".

Mientras Michelle iba en busca del hijo mayor de Wallace, los demás llevan a Paul al patio trasero, donde Tom y Linda estaban sentados.

—¡Traje la carne! Paul declaró sosteniendo el paquete envuelto en papel de carnicero.

—Genial. Voy a encender la parrilla, —dijo Tom.

—Parece mucha carne ahí, —dijo Linda mientras le daba a Paul un abrazo amistoso.

—No estaba seguro de cuántos traer, así que obtuve siete.

—Estos son monstruos, —dijo Tom mientras desenvolvía los filetes. "Nadie pasará hambre esta noche".

Mirando a su alrededor, Linda preguntó: "¿A dónde fue Michelle?"

—Tiene muchos años de experiencia personal con

73

aparatos de ortodoncia. Fue a hablar con Steph, —explicó Paul.

—Bien. Steph lo manejó bien, pero ha estado un poco deprimida desde que llegamos a casa.

—Tal vez tenga que comerme un poco de ese bistec grueso frente a ella, bromeó Paul.

Linda se rio y le dio un puñetazo en el brazo.

Cuando las costillas estuvieron perfectamente asadas y el resto de la comida fue sacada de la casa, los siete se sentaron a comer.

Paul y Michelle esperaron respetuosamente mientras Tom rezaba una oración de agradecimiento por la comida.

Michelle le mostró a Stephanie que si cortaba la carne lo suficientemente pequeña, podría comer un poco.

A medida que avanzaba la comida, Michelle preguntó: "Linda, ¿qué opinas de esta apuesta?"

—Creo que suena emocionante. Lo que más me preocupa son los peligros que pudo haber en el pasado con los que estos tipos podrían tener que lidiar. Sin ofender a nuestros hombres, pero los hombres de hoy no son exactamente tan duros como los hombres de los tiempos bíblicos.

Michelle agregó: "Al menos se prepararon lo suficiente como para aceptar traer a una mujer para que no se metieran en problemas".

Mientras ambas mujeres se reían de esto, todo lo que Paul y Tom hicieron fue mirarse y no decir nada.

—¿De verdad conocerán a Jesús? Mi papá dice que podrías, le preguntó Matthew a Paul.

—No lo sé Matt. Planeamos verlo al menos.

—¡Eso es tan genial! —respondió el chico Wallace.

Paul miró a su amigo. "Estás realmente callado sobre esto, ¿estás teniendo dudas? ¿Crees que podrías perder?" Bromeó.

—Estoy luchando, —admitió Tom, —pero no por ganar. No me preocupa eso porque realmente creo. Con lo que estoy luchando es con la fe. La fe es un ingrediente clave del cristianismo. Romanos 5: 1 dice que seremos salvados por la fe en Cristo. La importancia de la fe se menciona una y otra vez en la Biblia. Fe significa que creemos sin pruebas. Si obtenemos pruebas y se las mostramos al mundo, muchos más creerán, pero no por fe, sino por nuestra evidencia. Tom hizo una pausa y luego continuó: "Solo me preocupan las implicaciones de eso".

Todos se quedaron muy callados por un rato y luego Linda habló. "¿No quieres ir? ¿Quizás ir a un evento y período de tiempo diferente?"

Después de una pausa muy tranquila, Tom respondió: "No, nos vamos. Solo necesito pensar y orar a través de estos pensamientos".

El resto de la conversación de la noche fue mucho más ligera. Ambas mujeres querían hablar con Catherine sobre la aventura. Esto fue algo que los hombres aceptaron de buen grado. Para cuando Paul y Michelle regresaron a casa, ya era bastante tarde.

Capítulo Dieciséis

Durante los siguientes meses, Tom y Paul aprendieron más sobre el antiguo Medio Oriente de lo que habían esperado saber. Desarrollaron la capacidad de comprender el arameo conversacional, el latín e incluso un poco de hebreo. Sin embargo, pasaron muy poco tiempo hablando. El discurso limitado que hicieron no fue principalmente más que respuestas de una sola palabra a preguntas comunes.

Ambos y Catherine pasaron muchas horas aprendiendo algunas habilidades generales de combate cuerpo a cuerpo. Si bien sus habilidades estaban aumentando, el progreso fue lento, ya que Paul insistió en que hicieran todo el entrenamiento con un paquete de treinta kilogramos en la espalda.

De hecho, a los tres les había gustado llevar las mochilas en todo momento cuando estaban en el Instituto de Investigación Kingsman. Al principio, la carga parecía insoportable, pero con el tiempo se habían ido adaptando.

Otras áreas de su entrenamiento habían incluido algunos entrenamientos generales en primeros auxilios y algunas clases de supervivencia, así como camuflaje y encubrimiento. Siempre existía la posibilidad de que tuvieran que esconderse por un período de tiempo si comenzaban a generar sospechas.

Una tarde, se reunieron con el Sr. Raymond Maxwell, quien les presentó varios dispositivos nuevos que posiblemente los ayudarían si tenían problemas. El primero parecía una pistola, pero tras una evaluación más cercana fue muy diferente. Era la pistola Taser M26. En lugar de disparar una bala potencialmente letal, esta arma, cuando se dispara, dispara dos pequeños dardos conectados a cables que van de regreso a la pistola. Al entrar en contacto con el objetivo, cincuenta mil voltios viajan por los cables y entran al cuerpo, interrumpiendo inmediatamente el sistema nervioso central del cuerpo. El efecto es instantáneo y derribará a cualquier sujeto incluso si los dardos impactaron un área del cuerpo con varias capas de ropa. El alcance de los cables es de unos cuatro metros y medio. Debido al bajo amperaje, no hay ningún efecto permanente. Sin embargo, estarán desactivados durante varios minutos. Todos quedaron impresionados con lo liviana que era el arma, un poco más de una libra. Había un video que mostraba a un atacante simulado alcanzado por la Taser. Instantáneamente cayó al suelo y todos sus músculos se contrajeron inmediatamente para dejar a la persona en posición fetal. En un par de minutos, pudo levantarse, pero pasaron varios minutos más antes de que fueran una amenaza.

El otro artículo que Ray les mostró fue un aerosol de pimienta. Era otra herramienta defensiva no letal que ellos debían considerar si las cosas se ponían peligrosas. Una pulverización en la cara de un atacante y no sería una amenaza durante al menos varios minutos. La única cosa que Ray les advirtió fue que se aseguraran de que si había algo de viento, tuvieran que asegurarse de que fuera a sus espaldas; de lo contrario, también les alcanzaría a ellos.

Los tres disfrutaron del entrenamiento médico, cuerpo a cuerpo y armas no letales. Sin embargo, dedicaron la mayor parte de sus esfuerzos a las habilidades lingüísticas y a mejorar su comprensión de la cultura.

Después de varios meses de trabajar en los idiomas, finalmente pudieron entablar conversaciones sencillas. Pronto comenzaron a incorporar los idiomas a su rutina diaria. Paul y Tom se comunicaban en arameo o latín, cuando era posible. Catherine a menudo se negaba a hablarles en inglés a menos que estuvieran en medio de una lección que ella estaba dando. Su vocabulario era extremadamente limitado y no tenían ningún concepto de las lenguas escritas. A medida que pasaba el tiempo, sus compañeros de trabajo se divertían cada vez más con los líderes de la empresa. Siempre andaban con mochilas hablando en lenguas extrañas. Su apariencia inusual con cabellos largos y barbas solo aumentaba la diversión. Ambos parecían cada vez menos profesionales todo el tiempo.

Una de las partes más desafiantes de su preparación fue equiparse para adaptarse a la población en general. Todos llevarían capas holgadas que ocultan los contornos de las mochilas. Habría bolsillos ocultos dentro de sus prendas para guardar herramientas, cámaras, comida, suministros médicos y armas. Cada uno usaría una bolsa en la cintura que contendría baterías y tarjetas SD adicionales para las cámaras de video.

La mayoría de las cámaras eran de muy alta tecnología y estaban colocadas debajo de sus prendas. Filmarían a través de pequeños agujeros no más grandes que el borrador de un lápiz.

Catherine pasó muchas horas estudiando textos e incluso viajando a museos para investigar mejor el diseño de la ropa y los tipos de objetos que portaban las personas de ese período.

Cuanto más aprendía, más se preocupaba por su capacidad para evitar ser notada en ese extraño período de tiempo. Había muy pocos artefactos de ese período que daban información sobre cómo se ensamblaban las prendas. Por no hablar de los tipos de artículos que llevaban habitualmente las personas. De alguna manera necesitaban mejor información antes de sumergirse en un momento diferente e intentar integrarse.

Capítulo Diecisiete

TOM SE SENTÓ FRENTE A PAUL EN UN ASADOR LOCAL. No solían salir a almorzar juntos. Ambos prefieren traer su comida y seguir trabajando. Sin embargo, Paul había sugerido este descanso, diciendo que necesitaban celebrar todo el progreso que habían tenido y Tom había estado de acuerdo.

Catherine estaba enseñando en la universidad hoy, así que habían considerado reprogramar un día en el que pudiera unirse a ellos, pero ella había insistido en que fueran. Ella había dicho que todavía era una recién llegada al equipo y que los dos viejos amigos deberían disfrutar de un tiempo juntos.

Era agradable relajarse de vez en cuando, y ambos sabían que no lo habían hecho lo suficiente. Parecía que cuanto más éxito tenían, más se veían impulsados a trabajar duro.

Habían estado muy cerca de cancelar estos planes de almuerzo hoy. En mañana había habido una gran tormenta y quince centímetros de nieve resbaladiza y húmeda en el suelo. La tormenta había comenzado con una lluvia helada que puso una traicionera capa de hielo debajo de la nieve. Ambos habían visto varios accidentes de camino al trabajo y no estaban seguros de querer salir. Afortunadamente, las carreteras mejoraron un poco desde su viaje inicial esta mañana, y llegaron al restaurante sin incidentes.

Paul había intentado desviar la conversación del trabajo inicialmente, pero eso solo duró hasta que hicieron sus pedidos, y luego la discusión volvió a los negocios.

—Esta capacitación requiere mucho más tiempo de lo que esperaba, —afirmó Paul.

—Lo sé, quiero trabajar en algunos de los detalles técnicos en el laboratorio, pero siempre estoy en clase preparándome para el viaje, —reconoció Tom. "Es bueno que nuestro equipo sea tan competente; están logrando gran parte del rediseño del sistema con muy poco de nosotros".

Cuando Paul estaba a punto de responder, llegó la comida. Cada uno de ellos había pedido un filete pequeño. Paul comió patatas fritas con él y Tom el arroz condimentado. El camarero se quedó parado mientras se aseguraban de que la carne se hubiera cocinado adecuadamente. Tom casi dijo algo cuando vio que el interior del bistec no tenía ningún color rosado. Él lo había pedido explícitamente término medio. Pensando en el tiempo que tardaría en volver a cocinar la carne, decidió aceptarla. Su conversación se apagó mientras comían.

Estaban a la mitad de la comida cuando sonó el teléfono celular de Tom. Miró la pantalla y pudo ver que era un número local, pero no le resultaba familiar. Hizo una breve pausa, considerando dejar que el buzón de voz lo contestara, pero en el último minuto decidió contestar. Paul miró hacia arriba cuando sonó el teléfono y vio la mirada burlona en el rostro de su amigo. Trató de no prestar demasiada atención a la llamada de Tom, pero estar directamente frente a él lo hacía casi imposible.

—Aló. Después de una breve pausa, Paul escuchó: "Sí, este es Tom Wallace".

Después de una pausa un poco más larga, vio que el color desaparecía del rostro de Tom. "Sí lo soy. ¿Qué pasó?"

El discurso de Tom ahora era notablemente más rápido. "¿Se encuentra ella bien?" "¿Qué tan mal?"

—¿Qué más puedes decirme?

—Ok, voy en camino. Mientras decía esto, presionó el botón para finalizar la llamada.

Incluso antes de que terminara la llamada, Paul estaba haciendo señas al camarero para que le diera la cuenta. Miró a su amigo, la angustia evidente en su rostro. "¿Qué pasó?"

—Es mi mamá. Ella está en el hospital. No se presentó a trabajar y no pudieron comunicarse con ella por teléfono. Enviaron a alguien a su casa y la encontraron inconsciente en los escalones de la entrada. Parece que se resbaló en los escalones helados y se golpeó la cabeza. Después de una pausa, continuó. "Iba a parar allí de camino a casa y limpiar todo el hielo y la nieve".

El camarero llegó con la cuenta, —¿Quiere envases para llevar? —preguntó.

Paul le entregó su tarjeta de crédito y dijo: "No, pero tenemos prisa y tenemos que irnos".

Sintiendo el cambio de humor en la mesa, le dio a Paul un rápido asentimiento y desapareció rápidamente con la tarjeta.

Mientras esperaban, Paul preguntó: "¿Te dijeron algo más?"

—Solo que creen que estuvo tumbada en la nieve durante varias horas y que le sangra el cerebro.

Cuando escuchó esto, Paul dijo. "Te llevaré directamente al hospital tan pronto como salgamos de aquí. Deberías llamar a Linda y hacérselo saber". Tom asintió con la cabeza, se puso el abrigo y se dirigió a la puerta con el teléfono en la mano ya marcando.

Mientras Paul esperaba el regreso del camarero, regresó a su comida mientras pensaba en su amigo. Había conocido a Deb Wallace varias veces y pensaba en ella como una persona encantadora. Su esposo, el padre de Tom, había muerto de una enfermedad cardíaca hace unos diez años. Poco después de que Tom comenzara en el Instituto de Investigación Kingsman, ella se había mudado aquí desde California para estar cerca de Tom y su familia.

Era lo suficientemente joven como para no necesitar que Tom la vigilara, aunque estaba considerando jubilarse en los próximos años. Todos los días viajaba al trabajo en la ciudad en autobús. Deb estaba a cargo de la publicidad de un grupo de estaciones de radio. Era un trabajo excelente para ella, que consiguió rápidamente. Tenía una amplia experiencia en publicidad que trajo consigo cuando se mudó. Tom se alegró cuando ella mencionó recientemente que estaba considerando retirarse. Quería viajar cuando aún era lo suficientemente joven.

El camarero se acercó y notó que Paul seguía picoteando su comida.

—Señor, ¿está seguro de que no quiere un recipiente?

—No, está bien. Necesito llevar a mi amigo al hospital. Paul respondió, sin pensar en lo que el camarero podría pensar de esa afirmación. Antes de que el hombre pudiera responder, Paul se levantó y se dirigió hacia la puerta. Al salir, vio a su amigo, paseando de un lado a otro junto al coche, con el teléfono pegado a la oreja.

Tan pronto como Tom notó a Paul, cerró la llamada y se subió del lado del pasajero. Paul entró y rápidamente se dirigió a la autopista. "¿Linda se encontrará con nosotros allí?"

—Sí, está terminando algo y estará allí tan pronto como pueda.

Paul intentó varias veces entablar conversación con su amigo, pero quedó claro que no quería hablar. En un momento, Paul pensó que escuchó a Tom decir algo, miró y se dio cuenta de que el hombre afligido estaba orando.

Hicieron un buen tiempo, con el SUV entrando y saliendo del tráfico. Si bien la conducción parecería bastante agresiva para algunos, no lo era mucho más que el comportamiento normal de Paul al volante. Tom no reaccionó a la conducción extrema; su mente estaba en su madre. Había considerado detenerse en su casa antes del trabajo, pero decidió asegurarse de que la sacaran de vuelta a casa esta noche. No estaba seguro de la gravedad de sus heridas, pero la culpa ya era muy pesada.

Llegaron a la entrada de emergencia y Paul redujo la velocidad hasta detenerse. "Me estacionaré y nos encontraremos dentro".

—No tienes que quedarte, Linda llegará pronto.

Paul respondió: "Me quedaré, al menos hasta que llegue Linda".

Tom cerró la puerta y se dirigió a la entrada. Al entrar, miró alrededor de la sala de espera a las personas infelices que esperaban su turno para recibir atención. Se ocuparon poco menos de la mitad de los asientos. Esto le dio a Tom la esperanza de que la sala de emergencias no estuviera ocupada y el cuidado de su madre se estaba moviendo rápidamente.

Se acercó al escritorio y esperó mientras la mujer que trabajaba allí terminaba con un hombre que sostenía a un niño pequeño con un vendaje ensangrentado en el antebrazo. Cuando se hicieron a un lado, él se movió rápidamente. "Mi madre, Debra Wallace fue traída en ambulancia".

La mujer asintió con la cabeza, tomó el teléfono y dijo: "Tengo al hijo de Debra Wallace aquí. ¿Puede regresar?" Después de unos segundos, lo colgó.

"Por favor, acérquese a esas puertas. Alguien vendrá a buscarle". Mientras hablaba, señaló un conjunto de puertas sin ventanas de acero azul que estaban junto a los mostradores de registro.

Tom caminó hacia ellas, y cuando se acercó, se abrieron y revelaron a una mujer muy alta con bata azul que hizo contacto visual con Tom.

—Señor. ¿Wallace?

Tom asintió, "Sí".

—Por favor, venga conmigo; Le llevaré con tu mamá.

Mientras caminaban, Tom fue consciente del olor a desinfectante y otras cosas que no podía ubicar. Pasaron por las salas de tratamiento y vieron a los pacientes en bata y al personal con bata médica. Alguien estaba gimiendo en una habitación por la que pasaron donde la cortina bloqueaba la vista de lo que estaba sucediendo. La mayoría de las áreas de tratamiento eran pequeñas y solo tenían cortinas para separar a los pacientes.

Dieron un giro, y había un par de puertas de vidrio que se abrieron a medida que se acercaban. En el interior había alrededor de una docena de áreas de tratamiento, todas mucho más grandes y con equipos mucho más complicados. Solo cuatro de ellos estaban ocupados. Se acercaron a uno cerca del medio y Tom pudo ver al paciente. No pudo ver la cara, pero asumió que era ella. Sus ojos estaban captando todo lo que estaba viendo. Varias bolsas intravenosas colgaban de la cabecera de la cama. Los cables salían de debajo de las mantas y estaban conectados a una máquina con una pantalla de EKG (Electrocardiograma). Había muchos otros dispositivos y pantallas con información, pero en lo que Tom estaba más concentrado era en el tubo que salía de su boca. Está conectado a mangueras flexibles que a su vez están conectadas a una máquina grande al lado de la cama. Incluso antes de que Tom llegara en la cama, podía escuchar la forma rítmica en que empujaba oxígeno a los pulmones del paciente cada pocos segundos.

Se acercó lentamente a la cama. La miró a la cara y pudo reconocer a su madre, incluso con el tubo asegurado en su boca con una correa que le rodeaba la cabeza. También había un vendaje en la parte posterior de la cabeza, y rodeaba la frente. También vio un dispositivo extraño en la parte superior de su cabeza. Se le parecía a un dardo clavado profundamente en el cráneo. Le salía un cable que se conectaba a otro monitor. Ella no parecía estar despierta.

—Señor. ¿Wallace? —dijo una voz detrás de él.

Tom se volvió y vio a un hombre vestido con una bata marrón. Era de mediana estatura y tenía bigote. "Sí."

—Soy Mike; Soy el enfermero de su madre. Hablamos por teléfono, —explicó.

—Soy Tom. ¿Cómo se encuentra ella?

—Me temo que no muy bien. Cuando su madre se cayó, se golpeó la cabeza con el escalón de cemento. La tomografía computarizada muestra que hay un sangrado abundante en su cerebro. Hizo una breve pausa para dejar que Tom absorbiera la información antes de continuar. — Se llamó al SEM a las 10:30 a.m. ¿Sabe adónde iba y a qué hora? —preguntó el enfermero.

— Sale de casa a las 7 am para ir a trabajar.

—Bueno, eso significa que se cayó y estuvo en la nieve y el hielo durante cerca de tres horas y media. Cuando entró, estaba hipotérmica. La hipotermia podría haberla salvado. Todo se ralentiza cuando baja la temperatura corporal. Le cubrimos con mantas calentadoras y le estamos administrando líquidos por vía intravenosa calientes. Su temperatura central es mucho mejor. El neurocirujano estuvo aquí hace un rato. Necesitan arreglar esa arteria en su cabeza. Ella tiene demasiada presión en su cerebro por todo el sangrado y la hinchazón allí.

Tom preguntó: "¿Cuándo harán esa cirugía?"

—Están preparando el quirófano ahora. Deberían venir a buscarla en los próximos diez minutos más o menos, —explicó Mike.

—¿Ha estado despierta desde que llegó?

—No. Ella no respondía cuando los paramédicos llegaron a su casa, y eso no ha cambiado.

—¿Qué es esa cosa en la parte superior de su cabeza?

—Está monitoreando la presión en su cerebro. Esa presión no debe ser demasiado alta, por lo que la estamos vigilando de cerca.

Tom hizo con cuidado la siguiente pregunta, temiendo cuál podría ser la respuesta. "¿Se despertará después de la cirugía?"

Mike había sospechado que se avecinaba esta pregunta. Era una que odiaba escuchar porque no había una forma correcta de responderla. "Dependerá de cuánto daño se haya hecho. Estas cosas no son posibles de saber. Una vez que el cirujano eche un vistazo al interior, es posible que tenga una mejor idea. Pero incluso entonces, tendremos que esperar y ver si se despierta y cuándo".

A Tom no le sorprendió esa respuesta. No era lo que había querido escuchar, pero era lo que sospechaba que Mike diría. Se inclinó, tomó la mano de su madre y se sorprendió por el frío que hacía. Su temperatura corporal aún no había vuelto a la normalidad. Cerró los ojos para rezar cuando de repente algo estaba haciendo un fuerte sonido de alarma. Él miró hacia arriba y no notó ningún cambio en su apariencia, pero la máquina con el cable que entraba en su cabeza estaba parpadeando varios números y luces rojas brillantes.

En solo unos segundos, varias personas entraron corriendo en la habitación y se le pidió a Tom que saliera. Salió de la cortina y escuchó mientras luchaban por estabilizar a su madre. Pudo ver un poco alrededor del borde de la cortina y vio al enfermero Mike levantar un auricular de teléfono en la pared.

—Shelly, es Mike en el servicio de urgencias. ¿Estás listo para la Sra. Wallace? después de una pausa, continuó. "Su PIC (Presión Intracraneal) se disparó, y tenemos que llevarla allí ahora". Otra larga pausa y luego terminó. "Bien. No, la llevaremos ahora".

Hubo más conversación en silencio, y luego otra voz dijo: "Vamos a ponerla en movimiento". La cortina se abrió y Tom se apartó del camino, mientras la cama de hospital de su madre se acercaba a él, junto con la mayor parte del equipo que se conectaba a ella. Estaban en un gran apuro, y la cama se alejó a un ritmo rápido.

Tom se sintió entumecido y perdido en cuanto a qué hacer cuando sintió que la gente estaba de pie detrás de él. Se volvió y vio a Paul y Linda parados allí, también luciendo perdidos.

Linda lo agarró por la parte superior del brazo y lo atrajo hacia sí. "Paul me contó lo que pasó; Lo siento mucho."

Tom asintió con la cabeza, "Salieron tan rápido. Eso tiene que ser una mala señal".

La mujer alta con bata azul se acercó de nuevo. Esta vez Tom notó que su etiqueta decía el nombre Andrea y que era una estudiante de enfermería. "Señor. Wallace, puedo llevarte a la sala de espera de neurocirugía".

Linda respondió: "No tienes que llevarnos, ¿puedes decirnos cómo?"

Sonriendo, respondió: "Este es un edificio muy antiguo con muchas adiciones a lo largo de los años. Es una ruta un poco complicada".

—Gracias, lamento haberte tratado así, —respondió Linda.

Cuando empezaron a caminar, Tom miró a su amigo: "Paul, estamos bien. No es necesario que te quedes. Probablemente estará en cirugía durante varias horas. Realmente aprecio que me hayas traído aquí y que te hayas quedado hasta que llegó Linda".

—¿Está seguro? No me importa, —respondió Paul.

—Si lo estoy. Prometo llamar cuando sepamos algo.

Será mejor que llame, no importa a qué hora. ¿Necesitas ayuda con los niños?

Linda respondió: "No. Se quedan con nuestro vecino. Pasan el rato allí con sus hijos todo el tiempo, por lo que no es un problema. Pero gracias."

Paul puso su mano sobre el hombro de su amigo y dijo: "Lamento mucho esto. Avísame si hay algo que pueda hacer".

Capítulo Dieciocho

Tom y Linda siguieron a Andrea hasta la sala de espera de neurocirugía. Se comunicaron con la asistente femenina y proporcionaron su información de contacto. Les aseguró que si conseguía alguna información, se la pasaría. De lo contrario, el residente quirúrgico volvería a verlos después de que se completara la cirugía. Actualmente, estaban estimando que terminarían en el quirófano en unas cuatro horas, pero eso podría cambiar a medida que se desarrollen las cosas. Recibieron indicaciones para llegar a la cafetería. También les informó que si planeaban ir para allá, deberían hacerlo lo antes posible en lugar de ir cerca de la hora prevista de finalización de la cirugía. Agradecieron a la mujer la ayuda y se sentaron a esperar. Eligieron asientos cerca del fondo de la sala y en la esquina donde, con suerte, estarían solos porque no estaban de buen humor. Se sentaron y oraron juntos durante unos minutos y luego se recostaron y esperaron.

Después de unos treinta minutos, Linda se disculpó y bajó a la cafetería. Ninguno de los dos tenía hambre, pero el almuerzo de Tom había sido interrumpido y ella se había perdido el suyo por completo. Linda se movió a través de la línea en busca de artículos que pudiera llevar a la sala de espera y que se mantuvieran buenos si no se los comían de inmediato. Pasó junto a una pizza que parecía haber salido de una caja. Las hamburguesas se veían un poco mejor, pero las papas fritas que las acompañaban se veían pálidas y blandas. Finalmente se decidió por la línea de sándwiches -hágalo usted mismo. Tomó un poco de pan de centeno, preparó un par de sándwiches de rosbif, con todo lo que les gustaba, y regresó a la sala. En el camino de regreso, ella estaba un poco en conflicto. Quería estar allí para Tom cuando el cirujano regresara, pero también esperaba haberse perdido de eso y que la espera hubiera terminado. Entró y vio que Tom todavía estaba solo. Ella se sentó a su lado y juntos esperaron otras tres horas antes de que alguien se les acercara.

—Señor Y Sra. Wallace, soy el doctor Mounard. Soy el residente de cirugía asignado al caso de su madre.

Tom trató de sonar amigable y sonrió, pero solo respondió: "¿Cómo está ella? ¿Cómo le fue?"

—¿Puedo sentarme un minuto? —preguntó el doctor.

Linda respondió: "Por supuesto, por favor siéntese".

Movió una silla para sentarse frente a ellos. Mientras estaba sentado, habló: "La cirugía salió bien. Pudimos reparar la arteria dañada y evacuar la mayor parte de la sangre. Sin embargo, había una presión significativa en su cabeza por la sangre derramada y la hinchazón. Toda esa presión puede colapsar los vasos sanguíneos que no se lesionaron y afectar el flujo sanguíneo a áreas del cerebro donde no hubo ningún trauma. En este momento, esa es nuestra mayor preocupación, cuánto de su cerebro se vio afectado por la presión que causó la lesión. ¿Tiene sentido?"

Ambos asintieron y Tom respondió: "Eso creo".

—OK. Ella está en el área de recuperación ahora y lo estará por otros veinte minutos más o menos. Luego la llevaremos a otra tomografía computarizada y luego a otra prueba. Después de eso, estará en la UCIN (Unidad de Cuidados Intensivos Neurológicos). Eso es dos pisos más arriba de aquí.

Espero que puedan verla en aproximadamente una hora y media. Les señalaré en cual dirección está la sala de espera de la UCI, pero primero, ¿hay alguna pregunta que pueda responder para usted?

—¿Supongo que hasta que obtenga los resultados de estas dos próximas pruebas, no podrá darnos ningún pronóstico? —preguntó Tom.

—Eso es correcto. No hay nada que pueda decir ahora con cierto grado de certeza.

—OK. Gracias por todo lo que ha hecho doctor. —dijo Tom.

—Por supuesto. Espero tener más información en unas horas. El Dr. Koptin, el neurocirujano que la atiende, o yo estaremos en la UCI cuando le permitan entrar.

Ambos asintieron con la cabeza al joven médico. Se puso de pie y ellos lo siguieron. —Les mostraré dónde está la sala de espera de la UCI Neuro. Voy por ese camino, —dijo. Cuando se iban, la mujer de la recepción tachó sus nombres de la lista de pacientes que esperaban escuchar los resultados de las cirugías de sus seres queridos.

Capítulo Diecinueve

Tom y Linda se quedaron sentados esperando de nuevo. Bebieron lentamente de las tazas de café. Las bebidas y los bocadillos de cortesía en la sala de espera de la UCI eran agradables, pero ambos querían desesperadamente salir de la habitación. Todas las horas de espera habían sido bastante agotadoras. Ninguno de los dos quería perderse la llamada, así que se sentaron y soportaron la monótona espera. Cada uno de ellos se había tomado un tiempo para enviar mensajes de texto o llamar a familiares y amigos para informarles lo que había sucedido.

La televisión de la esquina estaba encendida y Tom había intentado distraerse tratando de concentrarse en los programas, pero no había funcionado. Cada vez que volvía a sumergirse rápidamente en sus oscuros pensamientos.

Finalmente, la puerta se abrió y Tom escuchó su nombre. Se pusieron de pie y se acercaron a la puerta. Allí había una enfermera con bata marrón para recibirlos. "Mi nombre es Toni; Seré la enfermera de su madre durante la próxima hora. Mi reemplazo se presentará cuando llegue".

Tom y Linda compartieron sus nombres con Toni y la siguieron a la Unidad de Cuidados Intensivos Neurológicos.

Una vez más, el área tenía un olor a desinfectado. Había unas doce habitaciones de pacientes. A diferencia del Departamento de Emergencias, todas las habitaciones de los pacientes estaban separadas por paredes de vidrio transparente en lugar de solo cortinas. Se dirigieron a la derecha y se movían hacia una de las últimas habitaciones cuando varias personas casi los empujaron fuera del camino corriendo en la misma dirección. Tom pudo ver el letrero justo afuera de la penúltima habitación con el nombre de su madre. Sintió que su piel se enfriaba mientras los médicos y enfermeras corrían en esa dirección. Se sintió brevemente aliviado cuando entraron en la habitación contigua a la de su madre y corrieron para salvar a su ocupante. Ahora que sabía que su madre no era la que necesitaba toda la atención adicional, su preocupación se dirigió a la persona que era su vecina. Esa preocupación duró poco. Tan pronto como atravesó las puertas de la habitación de su madre, todo pensamiento sobre los esfuerzos de reanimación que se llevaban a cabo a tres metros y medio de distancia desapareció.

Tom se sorprendió de lo mucho que se parecía como se veía en la sala de emergencias. Tenía la cabeza muy vendada y colgaban más bolsas intravenosas de varios tamaños. Aparte de eso, se veía igual. No parecía que respondiera y se veía muy pequeña en la cama rodeada de equipos de salvamento. Él se inclinó y tomó su mano; todavía estaba fría, pero no tanto como cinco horas antes. Le habló, pero no hubo respuesta. Linda se paró frente a él al otro lado de la cama. En un momento, Tom la miró y lo único que pudo hacer ella fue negar con la cabeza. Cuando hizo eso, Tom se sintió abrumado.

Después de unos diez minutos, se acercó una mujer alta, delgada y de piel oscura. La etiqueta con su nombre en la bata de laboratorio decía V. Koptin MD. Cuando la Dra. Koptin entró en la habitación, se presentó. "Soy el neurocirujano encargado del caso de Debra. El doctor Mounard me ayudó, ¿y tengo entendido que le informó sobre su procedimiento?

—Sí, lo hizo, —respondió Tom.

—Después del procedimiento, hicimos otra tomografía computarizada y no hubo sangrado adicional. Sin embargo, los hallazgos del escaneo indican que hubo una lesión cerebral significativa por el aumento de la presión. En este momento no creemos que esta lesión sea algo de lo que pueda recuperarse.

Cuando Tom no respondió, Linda preguntó: "¿Estás diciendo que tiene muerte cerebral?"

—Vamos a dejarla descansar esta noche y volver a revisarla por la mañana. Pero en este momento, eso es lo que creemos. Mañana hablaremos un poco más sobre opciones. Desafortunadamente, es improbable que su condición mejore más allá de donde está ahora.

Ambos asintieron, sin saber qué más decir. El médico continuó: "El horario de visita es de dos horas más. Puedes quedarte con ella hasta entonces. Estaré en la estación de enfermería por un tiempo en caso de que tenga alguna pregunta". Esperó varios segundos en caso de que tuvieran algo que decir y luego salió silenciosamente de la habitación. Linda se movió al otro lado de la cama y tomó el brazo de su afligido esposo. Este contacto físico pareció romper una especie de trance en el que estaba Tom, y él la miró y dijo: "Vámonos a casa".

—¿Estás seguro que quieres irte?

—Sí. No sabrán nada más hasta mañana, y solo quiero salir de aquí. Juntos salieron de la habitación, dieron media vuelta y se dirigieron al ascensor. Ninguno de los dos habló en el camino hacia abajo. No había mucho que decir y ambos estaban cansados. Cruzaron el puente aéreo hasta el estacionamiento y Linda llevó a Tom al lugar donde había estacionado. Cuando llegaron, Tom dijo: "Mi auto está en el Instituto. Si me dejas allí, te veré en casa".

—¿Estás seguro de que no quieres esperar hasta mañana para retirarlo? Ella respondió.

—No, vamos a buscarlo, y entonces no tendremos que preocuparnos por eso.

Veinte minutos después, llegaron al estacionamiento del Instituto y Linda estacionó al lado del auto de Tom. "Mis llaves están en mi escritorio; Estaré unos minutos. Te veré en casa". Se inclinó hacia delante y le dio un beso rápido.

—No tardes mucho. Te quiero en casa conmigo. Dijo Linda. Pensó que si de alguna manera su suegra moría esta noche, no quería que Tom estuviera solo conduciendo cuando llamara el hospital.

—No lo estaré. Solo diez minutos más o menos. Tom respondió mientras saltaba y se dirigía al edificio, sacando su tarjeta de acceso de su bolsillo. Sabía que sus llaves estaban sobre el escritorio. Podría entrar y salir en dos minutos. Sin embargo, Tom sabía que lo que tenía que hacer tardaría mucho más de dos minutos.

La puerta se abrió con un clic y Tom entró en el vestíbulo. Estaba concentrado en su plan y no se dio cuenta de que había alguien más sentado contra la pared.

—Hola Tom, —dijo Paul.

Tom se dio la vuelta casi tropezando, "Paul. ¿Qué haces aquí sentado?"

—Te he estado esperando. Ven a tomar asiento. Cuéntame cómo le está yendo a Debra.

Tom se sentó a regañadientes junto a su amigo. Al principio se sentó en silencio y Paul esperó pacientemente. Finalmente, dijo: "La cirugía salió bien. Pero dicen que probablemente nunca se despertará".

—Tenía miedo de eso. Tom, lo siento mucho. —dijo Paul.

Tom se sentó en silencio durante casi otro minuto completo antes de decir. "Sé por qué estás aquí. No me detendrás".

Paul asintió lentamente. "Fue fácil para nosotros decir

cuáles serían y cuáles no serían los usos apropiados para nuestro invento cuando tuvimos esas conversaciones. Esas reglas no parecen tan importantes en un momento como este".

—Lo sé. Puede que esté mal, pero es lo que tengo que hacer. ¿Lo entiendes? —preguntó Tom.

Paul solo asintió al ver una lágrima correr por el rostro de su amigo en conflicto.

—¿Vas a intentar detenerme?

Paul sonrió gentilmente y respondió: "No. Clyde ya está encendido y la matriz se ha ejecutado, está lista para funcionar. Te llevará de regreso veinticuatro horas".

Tom suspiró, sintiendo como si le hubieran quitado un peso de encima. No quería discutir con Paul. Fue genial saber que, como siempre, Paul estaba ahí para él.

—Gracias. Me alegra que lo entiendas. Tom dijo mientras se levantaba.

Paul se levantó con él y juntos se dirigieron a la escalera mecánica. Mientras caminaban, Paul le entregó a Tom un sobre. "Cuando regreses, pon esto en mi escritorio".

Tom miró el sobre sellado y vio las letras CC (Crisis Cuántica) en el frente.

Paul explicó: "Quiero saber qué hicimos y por qué. En el futuro, habrá más discusiones sobre la ética de esta tecnología y no quiero que esta situación se pierda".

Tom entró en el laboratorio seguido de Paul. Pasó junto a Clyde, que estaba colocado en el centro de la habitación. Tom fue a la línea de consolas de computadora y miró la configuración de la matriz. Estudió las lecturas durante menos de un minuto, luego sacó su teléfono celular del bolsillo y lo colocó en modo avión. Luego desconectó los cables de Clyde y se sentó en el carro de utilitario modificado. Miró a Paul, quien le dio un pulgar hacia arriba. Tom le devolvió el gesto y apretó el botón. Al instante, la habitación se oscureció y Paul se marchó.

Tom se levantó del asiento de Clyde y se acercó al escritorio. Tomó el teléfono y marcó su número de móvil. Pronto escuchó su propia voz al otro lado de la línea. "¿Aló?"

"CC", luego hizo una pausa antes de continuar. "¿Lo entiendes?"

Escuchó la voz al otro lado de la línea decir con voz inestable: "Sí".

—¿Sabes quién es? —preguntó el Tom en el laboratorio.

—Creo que sí.

—Mañana, a primera hora de la mañana, debes pasar por la casa de mamá y quitar la nieve y el hielo. ¿Lo entiendes?

—¿Si porque?

— Asegúrese de que esté bien hecho antes de que ella se vaya a trabajar. No te preocupes por despertarla.

—Okey. ¿Mamá está herida?

—Si haces esto, ella no lo estará. Adiós. Tom colgó el teléfono, se reclinó en el asiento y apretó el botón.

Regresó a su tiempo actual. Paul no estaba allí. Apagó los sistemas y devolvió a Clyde a su lugar habitual en la esquina. Mientras se dirigía a su oficina a buscar su chaqueta y las llaves, se detuvo brevemente en la oficina de Paul para dejar el sobre que Paul le había dado sobre el escritorio.

Salió de la oficina y se dirigió a su coche. Mientras caminaba, sacó su teléfono del modo avión y marcó el número de su madre. Cuando ella respondió, y él escuchó su voz, sintió una lágrima correr por su mejilla.

Capítulo Veinte

VARIOS MESES DESPUÉS, TOM INGRESÓ AL LABORATORIO. EL sol de la mañana brillaba a través de las hileras de tragaluces del techo. Paul estaba en una gran mesa de trabajo cerca del centro de la habitación. Estaba hablando con varios técnicos e inspeccionando el dispositivo en la mesa frente a él. Era un objeto cubierto de acero. Medía aproximadamente cuarenta y seis centímetros de ancho, sesenta centímetros de alto y quince centímetros de grosor. Tom vio varias placas de acceso extraíbles y algunos controles empotrados. En la espalda, había tres juegos de correas, dos para los hombros y uno para la cintura. Había almohadillas incorporadas en la espalda, aparentemente para mejorar la comodidad. Mientras Tom miraba, Paul levantó la unidad y se la puso en la espalda.

—Oh, esto es pesado, —comentó Paul, —rígido también.

—Lo sé, —explicó el más joven de los hombres en la mesa. "La mayor parte del peso son las baterías".

—¿Cuánta batería tiene esto ahora? —preguntó Tom.

—Pudimos reducir el consumo de energía en aproximadamente un dieciocho por ciento. Debe haber suficiente carga de batería en esa unidad para permanecer en un horario alternativo durante aproximadamente una semana antes de tener que regresar, y aún tener una reserva cómoda.

Las puertas del laboratorio se abrieron y Catherine entró. Se acercó al grupo, mientras estudiaba el dispositivo en la espalda de Paul.

—Catherine, llegas justo a tiempo para ver las nuevas unidades. Parecen un poco más pesados de lo que esperábamos.

—Son más pequeños de lo que pensé que serían. Ella respondió.

En unos momentos, los tres llevaban una mochila y estaban comprobando su movilidad. Descubrieron que tenían que sujetar las correas con mucha fuerza para evitar que los dispositivos se deslizaran sobre sus espaldas.

—Entonces, ¿cuándo estarán listos para su primer uso? Catherine preguntó.

—Queremos hacerles algunas pruebas más, pero para el lunes deberían estar listos para funcionar, —explicó el técnico.

—Bien, porque vamos a necesitar hacer un reconocimiento antes de que podamos trabajar mucho más en la ropa y las posesiones personales de ese período de tiempo, — anunció Catherine hablando en latín.

El técnico parecía confundido por el cambio repentino a un idioma extraño, y Tom y Paul tenían una mirada perpleja en sus rostros por unos momentos antes de darse cuenta.

—Vamos a usar estos por un rato, —dijo Paul al técnico antes de volverse para irse con Tom y Catherine pisándole los talones.

Llegaron a la oficina de Paul antes de hablar, y tan pronto como entraron, Tom habló: "¿Qué tienes en mente?"

—En realidad, es bastante simple y debería haberlo pensado antes. Los únicos ejemplos de prendas de esa época que tenemos son piezas de museo que han sufrido dos mil años de envejecimiento. Hay muchas conjeturas y suposiciones, algunas estrictamente originadas en Hollywood. Nadie vivo ha sido testigo de la interacción humana desde ese momento, y los dialectos de sus idiomas bien podrían haber evolucionado desde entonces hasta lo que he aprendido. Antes de intentar interactuar con ellos, debemos dedicar un tiempo a estudiarlos. Si no hacemos esto, probablemente, al menos, llamaremos la atención no deseada. Posiblemente, estaremos descaradamente fuera de lugar.

Hubo un largo momento en el que ninguno habló. Después, Tom preguntó: "¿Tiene alguna sugerencia para solucionar este problema?"

—En realidad sí. Necesitamos un breve viaje de exploración. Regresamos durante unas veinticuatro horas. Llegamos de noche, nos quedamos cerca de un pueblo el más pequeño y observamos desde la distancia. A diferencia del viaje real, nuestro objetivo es entrar y salir sin ser detectados. Filmamos la interacción de personas de esa época. Recibimos muchas fotos de ropa y, si es posible, incluso traemos algunas prendas.

Paul asintió lentamente con la cabeza, "Veo tu punto, pero hay riesgos adicionales con un segundo viaje".

—Esos riesgos son mínimos en comparación con los que enfrentaremos si regresamos y es evidente para la gente de esa época que no pertenecemos. Nuestro único riesgo es la detección y, para que eso importe, tendríamos que ser capturados. ¿Cuando estemos allí si detectamos un problema, cuánto tiempo tardaríamos en salir de ese período de tiempo? Ella preguntó.

—El sistema solo debería tardar unos cinco segundos en prepararse, y digamos que otros cinco segundos para que la noticia se extienda entre los miembros del equipo. Si hay equipo para recuperar, o si nos han visto y se necesita ocultarse antes de desaparecer, podría tomar un poco más de tiempo, —dijo Tom.

—Hemos pasado por el entrenamiento sobre camuflaje y ocultación; Digo que traigamos a ese instructor aquí para otro día de capacitación y repasemos algunas cosas que podríamos hacer de manera diferente, ya que queremos permanecer completamente desapercibidos por un día, —propuso Catherine.

—Está bien, Paul se resignó. "Yo lo arreglaré".

—¡Genial! ¿Cuánto tiempo crees en que podemos hacer esto? —preguntó ella.

—Eso dependerá de cuándo podamos traerlo aquí, y tenemos que terminar de probar estas unidades de carga. Necesitamos realizar unos de tres o cuatro saltos más pequeños, asumiendo que no encontremos problemas, intervino Tom.

Capítulo Veintiuno

EN UN INSTANTE, TODO CAMBIÓ PARA CHARLIE BAKER. ALGO estaba muy mal. Se dio cuenta de que estaba cayendo y casi de inmediato lo arrastraron bajo el agua. Arrastrado por un carro de equipo de ciento trece kilos. Se estaba hundiendo rápidamente, y su mente estaba corriendo para descubrir qué había sucedido.

A medida que más profundo iba, sus manos agarraron el cinturón de seguridad que lo mantenía en su lugar. Casi había optado por no abrocharlo, pero en el último minuto había cambiado de opinión. Había oído que no era necesario, pero estaba un poco nervioso.

Charlie sintió que le explotaban los oídos y le entraba agua por la nariz. Luego sintió que el carro rodaba hacia atrás, moviéndolo al punto más alto de la masa que se hundía. Luego golpeó el fondo y se volcó de nuevo. Ahora estaba cabeza abajo.

Estaba agitado por el pánico, su pecho ardía, desesperado por tomar aire. A medida que aumentaba su agitación, también lo hacía su frecuencia cardíaca, que ahora pasaba en los ciento sesenta latidos por minuto. Su corazón estaba tratando desesperadamente de hacer circular sangre que ya no contenía suficiente oxígeno para mantener la vida.

Tiró de la correa con todas sus fuerzas, pero no cedió. Mientras intentaba gritar, el agua se le metió en la boca.

Era consciente de que su fuerza se desvanecía debido a la hipoxia cerebral y comenzaba a ralentizarse. Finalmente, sus pulmones hambrientos de oxígeno anularon su cerebro que sabía que necesitaba contener la respiración, e inhaló el agua del lago. Al mismo tiempo, su mano debilitada se deslizó y entró en contacto con el simple cierre de plástico del cinturón de seguridad. Su mente desvanecida recordó el diseño del broche, y con un tremendo esfuerzo apretó las dos pestañas y el cinturón se separó.

Usando lo último de su fuerza, empujó con ambos pies desde el costado del carro y comenzó a levantarse. Su ropa y zapatos estaban empapados y lo pesaban, lo que ralentizaba considerablemente su progreso ascendente.

Lleno de la nueva esperanza, logró quitarse los zapatos y luego pudo patear un poco sus pies. Cuando lo último de su conciencia estaba a punto de desvanecerse, su cabeza salió a la superficie e intentó inhalar. Fue una batalla intensa. El agua en sus pulmones estaba interfiriendo con el aire que necesitaba para inhalar. Tosía continuamente con cada respiración, luchaba por tomar aire y mantener la cabeza por encima de la superficie del agua. Pudo aspirar un poco más de aire cada vez que tosía un poco más de agua.

Incapaz de controlarlo, vomitó y devolvió mucha agua del lago y comida parcialmente digerida. Afortunadamente, no había comido desde la hora del almuerzo y su estómago estaba casi vacío.

Durante varios minutos, concentró todas sus fuerzas en mantener la cabeza por encima de la superficie y aspirar tanto aire como pudo. Sin embargo, la tos sin parar estaba consumiendo su energía más rápido de lo que la recuperó.

Necesitaba salir del agua y descansar para poder determinar dónde estaba. A un lado, la orilla estaba a sólo unos cuarenta metros de distancia, y comenzó a moverse en esa dirección. Su progreso fue lento y no estaba seguro de si lo lograría. Vio un gran árbol que había caído al agua. Se dirigió hacia él. El árbol estaba mucho más cerca que la orilla y no creía que pudiera llegar hasta la tierra.

Sintió que su cuerpo entraba en contacto con las ramas más pequeñas. Inmediatamente agarró todo lo que pudo, sintiendo consuelo en su toque. Se abrió camino hacia extremidades que eran más grandes y capaces de soportar su peso, o eso esperaba.

Con un gran esfuerzo, se incorporó y sacó la mayor parte de su cuerpo del agua. Había una gran bifurcación de dos ramas de aspecto robusto, y él yacía sobre ella. Dejó que las ramas soportaran su peso. Con las piernas todavía en el agua, cerró los ojos y trató de descansar. Sin embargo, la tos no se detuvo y pudo sentir el agua que se había asentado en sus pulmones. Mientras yacía allí, estaba tratando de determinar qué había salido mal.

Había visto a algunas de las personas con más experiencia ingresar los datos en la computadora. Solo había dos partes en la fórmula cuántica. Qué tan atrás en el tiempo y dónde aparecer geográficamente. Estaba seguro de haber acertado en la ubicación. Quería quedarse en cero. Eso significaba el mismo lugar donde se había originado. Este debería ser el Instituto Kingsman, no un lago o estanque. Sabía que no era el océano. El agua no estaba salada.

No estaba tan seguro de la hora. No pudo hacer que la computadora tomara sus datos para calcular la ecuación de tiempo, por lo que la ingresó manualmente. Cada vez que veía a los demás hacerlo, la computadora lo hacía por ellos. Sabía que lo manual era posible, así que cuando no pudo formatear la secuencia de datos para que la computadora lo aceptara, lo ingresó a mano.

Había asumido que podría volver rápidamente a su

tiempo e intentarlo de nuevo si cometía un error. No había pensado que aparecería sobre un lago maldito.

Comprendió que se necesitaban las computadoras de a bordo de Clyde para recuperarlo. Desde el fondo de un lago, serían bastante inútiles. Dondequiera que estuviera, estaba en problemas y varado. Necesitaba encontrar un hospital y recibir antibióticos antes de que se desarrollara la neumonía. Luego necesitaba dirigirse a Kingsman y confesarles a Paul y Tom lo que había hecho. Tampoco estaba seguro de cómo su desplazamiento en un momento diferente podría causar problemas en la línea de tiempo general. Tenía que asegurarse de no cambiar accidentalmente algo que pudiera tener un impacto en el futuro. Dado que solo estaba tratando de retroceder seis días, estaba seguro de que podría encontrar el momento adecuado para acercarse a ellos y deshacer este desastre.

Descansó y durmió lo mejor que pudo en el árbol, mientras temblaba de frío y tosía.

Se despertó con la luz del sol comenzando a brillar y se abrió camino a lo largo del tronco del árbol hasta que pudo saltar al suelo sólido. Cuando lo hizo, sintió un palo dentado penetrar a través de su calcetín y en el arco de su pie. Gritó y maldijo, y se apoyó contra el tronco del árbol. El grito desencadenó una nueva ronda de fuertes toses. Cuando remitió la tos, se quitó el calcetín y miró la herida punzante. No estaba seguro de cuánto tendría que caminar, pero sin zapatos y con un pie herido, no sería agradable.

Mientras se alejaba del lago, encontró un camino que iba de izquierda a derecha. No tenía idea de qué camino tomar, por lo que se dirigió a la izquierda. Escucharía los autos y esperaría encontrar una ruta donde pudieran darle un aventón.

Caminó durante varias horas y, finalmente, el aire se calentó, su ropa comenzó a secarse y dejó de temblar. Mientras caminaba, pensó en su situación.

Esta había parecido una respuesta simple. Regrese y proporcione los números de la lotería. Parecía una forma sencilla de pagar las deudas de las tarjetas de crédito. Ahora parecía un gran error. No estaba seguro de dónde estaba, pero sabía que se trataba de una situación terrible. Además, había destruido a Clyde y sabía que Paul estaría furioso.

Después de varias horas de caminar, le dolían mucho los pies, pero continuó. Finalmente, el camino se cruzó con un camino de tierra. Volvió a girar a la izquierda y siguió el rastro. En menos de treinta minutos escuchó un sonido y se volvió para ver a dos hombres que se acercaban a caballo. Se hizo a un lado y saludó con la mano mientras se acercaban. Cuando se acercaron, Charlie sintió que se le enfriaba la piel y se desarrolló un miedo profundo. La forma en que estaban vestidos no era lo que esperaba ver. Uno era alto con bigote y el otro más bajo y muy delgado. Parecía poco más que un adolescente. Ambos llevaban abrigos negros largos.

—¿Qué estás haciendo aquí solo? —preguntó el mayor de los hombres.

—Ayer me perdí y terminé teniendo que pasar la noche solo en el bosque. Necesito ayuda para conseguir regresar a la ciudad. Charlie hizo una pausa tratando de averiguar cómo terminar su oración.

—Puedes viajar con nosotros, nos dirigimos de regreso allí ahora, —dijo el pequeño.

—Gracias. Estoy muy agradecido, —dijo Charlie mientras luchaba torpemente para subirse al lomo del caballo y ponerse en posición.

—¿Qué pasa? ¿No has montado antes a caballo? —dijo el mayor riendo.

—Me lastimé la pierna en el bosque. Está rígido y no se mueve bien. Esa excusa pareció suficiente y abandonaron el tema.

—¿Qué tipo de ropa es ésa? Nunca vi ropa elegante como esa, —preguntó el compañero de cabalgata de Charlie.

Charlie sintió que le volvían las náuseas cuando escuchó la pregunta. Sus sospechas estaban ahora casi confirmadas, y no eran buenas.

—Hice un viaje a Nueva York el año pasado. Estos son nuevos estilos de Europa. No me han impresionado mucho. Charlie explicó, esperando que la mentira se mantuviera.

—No se ven muy resistentes ni cálidos.

—Eso es lo que no me gusta. No los volvería a comprar.

Continuaron cabalgando un rato, Charlie tratando de evitar cualquier conversación. Todo el tiempo estuvo aterrorizado por lo que encontraría una vez que llegara.

Finalmente, los árboles se separaron y pudieron ver una gran ciudad más adelante. De inmediato, Charlie supo que estaba condenado.

La gran ciudad no tenía señales de tráfico motorizado y nada que indicara que hubiera incluso energía eléctrica.

Después de unos minutos, no podía esperar más. Aunque sabía que lo haría sonar como un loco, dijo: "¿Qué año es?"

—¿Qué año? ¿Estás bien de la cabeza?

—Por favor, ¿en qué año? Mientras hablaba sintió que la ansiedad aumentaba.

—Eran los mil setecientos cuarenta y dos, la última vez que lo comprobé. ¿Está eso bien contigo?

—Por supuesto.

—No suenas muy feliz por eso.

—No habrá antibióticos durante casi otros doscientos años, —explicó Charlie.

Charlie siempre había disfrutado de la historia y recordaba que en los mil setecientos, el tratamiento para afecciones como la neumonía solía ser sangrías. Desde entonces, se había demostrado que el drenaje de sangre de los enfermos no tenía ningún valor médico. Cuando comenzaran los síntomas, sería mejor que evitara a los médicos.

—¿Qué es un antibiótico?

—Lo siento, solo una broma. Una broma terrible.

Capítulo Veintidós

A LA MAÑANA SIGUIENTE, PAUL ESTABA SENTADO EN SU oficina estudiando algo en su computadora cuando Tom asomó la cabeza y preguntó. "¿Sabes dónde está Clyde?"

—¿Clyde? ¿Por qué lo necesitas?

—No, pero parece que no está, —explicó Tom.

— La última vez que lo vi, estaba estacionado en la esquina trasera del laboratorio. ¿A dónde habría ido?

—Parece que alguien podría haberlo llevado a un viaje no autorizado.

Paul saltó de su escritorio, su rostro se puso rojo. "¿Quién lo hizo? ¿A dónde lo habrían llevado?"

—No lo sé todavía. Abby se reunió conmigo cuando llegué aquí en el laboratorio y me lo dijo. Cuando llegaron, él se había ido, y sus cables de datos y de alimentación estaban extendidos por el suelo. Ahora están en la computadora investigando lo que sucedió.

Paul negaba con la cabeza mientras se dirigía al laboratorio. "Vamos. Quiero saber qué está pasando".

Los dos entraron en el laboratorio. Paul gritó al entrar. "¿Qué sabemos?"

—Alguien instaló y ejecutó la matriz cuántica anoche a la 1:37 a.m. Necesito indagar en el sistema y obtener detalles. Tomará alrededor de media hora, tal vez cuarenta y cinco minutos para obtener la imagen completa, —dijo Abby.

Paul pensó un minuto y luego dijo. "Si alguien llevó a Clyde de viaje, debería haber regresado aquí solo unos segundos después de que se fue. No tiene sentido que todavía se hayan regresado".

Tom asintió con la cabeza, fue al mostrador y tomó un teléfono. "Lucy, quiero una lista de los empleados que faltaron al trabajo hoy. Empiece por el equipo técnico". Escuchó un momento y luego respondió. "Tan pronto como puedas. Avísame cuando lo tengas".

Abby habló desde la consola donde estaba trabajando. "Ya llamé a Mark en seguridad. Le dije que querías todos los datos de acceso a tarjetas y video de anoche. Lo tendrá pronto".

Tom y Paul se miraron mutuamente. Quedaron impresionados con Abby tomando esa iniciativa.

—Bien hecho, —dijo Paul.

Paul procedió a programar una reunión de todo el personal para las 11 a.m., pero luego la reprogramó para las 1:30 p.m. a medida que salía más y más información.

El personal se reunió y se sentó nerviosamente mientras esperaban a que llegaran sus líderes. Cuando lo hicieron, quedó claro que Paul estaba furioso. Se paró junto a la puerta, pero pronto comenzó a caminar.

Catherine estaba al fondo de la habitación. No estaba exactamente segura de su lugar aquí, pero necesitaba estar presente.

Tom, se paró en el podio y habló. "Gente, tenemos un gran problema. Reprogramamos esta reunión desde temprano porque comenzamos a indagar y descubrimos que este no es el primer caso de uso no autorizado del equipo".

Tom tuvo que hacer una pausa debido a toda la conversación susurrada que estalló. Cuando se desaceleró, continuó. "Empezaré por el principio. Hace cuatro meses, alguien ingresó a esta instalación en medio de la noche. Esta persona mantuvo su rostro oculto, pero estamos bastante seguros de quién era. Usaron una tarjeta de acceso falsificada e hicieron un breve salto en el tiempo con Clyde. Retrocedieron tres o cuatro días. Mientras están allí, las cámaras captan a esta persona que sale del laboratorio y hace algo en el escritorio que Bruce Wilson estaba usando en ese momento. Luego regresaron a su hora actual. Hicieron un buen trabajo borrando los datos del viaje. Probablemente no hubiéramos sabido nada al respecto, si no fuera por la investigación del incidente de anoche".

Tom se detuvo para asegurarse de que todos parecían estar siguiéndolo, antes de continuar. "En los días transcurridos entre el viaje no autorizado y el momento en que comenzó, se vendió un billete de lotería ganador, a seis millas de aquí. Supongo que la mayoría de ustedes lo recuerdan. Todo el mundo estuvo hablando de eso en toda la ciudad durante una semana. Al día siguiente de que se realizó el viaje no autorizado, Bruce renunció a su cargo. Desde entonces, he escuchado rumores de que ganó algo de dinero".

Varias cabezas en la habitación asintieron mientras hablaba.

—Ahora, llegamos al incidente de anoche. Se pensaba que todos se habían ido por el día a las diez y media de la noche, pero a la una y media de la mañana, las cámaras captan a Charlie Baker saliendo del baño de hombres del segundo piso. Va al laboratorio y se pone a trabajar preparando a Clyde. Pasa más de treinta minutos configurando la matriz cuántica. Esto es algo en lo que ha ayudado, pero nunca lo hizo él mismo. Luego se le ve subirse al carro y desaparecer. Nunca regresa. No estamos seguros de cuáles fueron sus intenciones exactas. Pero sospechamos que, al igual que Bruce, tenía la intención de aparecer aquí en el laboratorio en el pasado. Parece que estropeó el cálculo. Volvió a este lugar exacto, pero hace casi doscientos cincuenta años. Tom se detuvo de nuevo para ver si alguien estaba dando cuenta de lo dicho.

Finalmente, Roberta, en el centro de la habitación, jadeó cuando la luz se encendió para ella. Inmediatamente empezaron a susurrar por toda la habitación cuando otras personas lo captaron.

—Eso es correcto. Construyeron la presa de Mill Street hace unos ochenta años. Este lugar solía ser un gran estanque. Cuando Charlie apareció en ese marco de tiempo, habría llegado a unos seis metros de profundidad. Clyde se habría hundido de inmediato, provocado un cortocircuito en todos sus sistemas y perdido el camino de regreso a este momento.

—La computadora muestra que el camino de regreso de Clyde se perdió inmediatamente después de llegar a su destino. Si Charlie no se ahogó, quedó varado en una época anterior a la Guerra de la Independencia, —explicó Tom.

Paul finalmente no pudo sentarse más y miró a la audiencia. "¡Este equipo no son juguetes! No es para beneficio personal. Probablemente Charlie murió. Se pierde una pieza importante de equipo cuyo desarrollo cuesta cerca de diez millones de dólares. La credibilidad del trabajo que estamos haciendo aquí está en riesgo. ¡Si Charlie estuviera aquí, le estrangularía! No puedo entablar una demanda contra Bruce sin revelar el trabajo que estamos haciendo aquí y admitir que se puede utilizar para una ganancia inmoral. Si alguien más estaba considerando probar algo como esto, ¡olvídelo ahora! Se implementarán nuevos procedimientos de seguridad de inmediato, y habrá otros por venir. Si alguien aquí sabía lo que estaba haciendo cualquiera de esos hombres y no lo informó, debería renunciar ahora. Si podemos demostrar que alguien sabía algo y no lo informó, ¡será despedido!" Paul se había vuelto cada vez más fuerte a medida que avanzaba su discurso. Finalmente se dio la vuelta y salió pisando fuerte de la habitación.

Los reunidos, sentados en estado de shock, nunca antes habían sabido que Paul le gritara a alguien. Todos lo estarían evitando durante varios días.

Capítulo Veintitrés

CATHERINE SALIÓ DE LA OFICINA QUE ESTABA USANDO. DE hecho, últimamente, pasaba al menos tanto tiempo allí como en su oficina de la universidad. La noche anterior no había descansado lo que esperaba. Como era de esperar, el sueño no le había resultado fácil. Había estado inquieta, con un pensamiento tras otro entrando en su mente. Tenía una reunión en el trabajo más tarde esta tarde, a la que no podía faltar. Antes de eso, tuvo que pasar veinticuatro horas en el pasado. A veces todavía se sorprendía de su nuevo proceso de pensamiento cuando llegaba el momento. Ella avanzó por el pasillo y recibió algunas miradas graciosas. La diversión no vino debido a la incómoda mochila de metal que llevaba. Todos se habían acostumbrado a verla caminar bajo su carga. La diversión de hoy provino más de su ropa.

Llevaba uniformes militares de camuflaje excedentes. Estos tenían específicamente la mezcla de diferentes tonos de bronceado y gris que estaba destinada a su uso en entornos desérticos. Llevaba un sombrero flexible con un ala suave que lo rodeaba. El sombrero también tenía el mismo patrón de camuflaje.

Entró al laboratorio, se acercó a la mesa auxiliar y

comenzó a revisar su bolsa de equipo. Lo había revisado varias veces el día anterior, pero todavía sentía la necesidad de volver a revisarlo. A continuación, tomó el cinturón de tela militar color canela y repasó su contenido, antes de abrocharse alrededor de su cintura. Sacó la pistola Taser M26 y confirmó que las baterías estaban completamente cargadas. Mientras volvía a enfundar el arma, Paul y Tom entraron. Estaban vestidos de manera similar. Por la expresión de sus rostros, se dio cuenta de que no había sido la única que había dormido mal la noche anterior.

—Parece que ustedes tampoco durmieron mucho. —dijo ella.

—No, por alguna razón tenía muchas cosas en mi mente, —respondió Paul con sarcasmo.

Mientras los hombres terminaban de revisar su equipo, Catherine se quitó la mochila y la dejó en el medio del piso. Estiró los cables de alimentación y de datos hacia él y los enchufó en los dos receptáculos del lado izquierdo de la unidad. A los pocos minutos, los otros dos habían hecho lo mismo.

Mientras se recargaban las baterías de las mochilas y se cargaban los datos necesarios en sus computadoras internas, los tres viajeros esperaban ansiosos. Paul caminaba inquieto por la habitación, Tom volvió a revisar su bolsa de equipo y Catherine se estiró en el suelo, con parte de su bolsa de equipo debajo de la cabeza. Sin embargo, por más que lo intentara, no podía ponerse cómoda y pronto se encontró también paseando por la habitación.

En media hora, el resto de los miembros del equipo habían llegado y las computadoras habían completado sus cálculos. Volvieron a colocar los paquetes y uno de los técnicos se acercó y desconectó las conexiones de datos y energía. Se colocaron electrodos en el pecho y la espalda en dos lugares; los cables retroalimentaban a la computadora en la mochila y estaban ocultos debajo de la ropa.

La posibilidad de que los equipos modernos contaminen el pasado era una gran preocupación. Si se quitó una mochila o se mató al portador. El sistema haría sonar una alarma durante veinte segundos. Si no se silencia manualmente, se activarían cuatro cargas de termita dentro del cinturón del equipo y la mochila.

La termita es una mezcla de óxido de hierro y aluminio en polvo. Cuando se enciende, produce enormes cantidades de calor.

En condiciones ideales, un fuego ordinario a base de hidrocarburos puede producir como máximo temperaturas cercanas a los 829 grados Celsius. La termita, por otro lado, puede producir temperaturas superiores a los 2482 grados Celsius. El calor de la termita puede incluso licuar el hierro. Si las cargas de termita detonasen, incinerarían todo el equipo que el usuario tuviera en su persona. También destruiría el cuerpo del viajero en el tiempo.

Se pararon en un círculo cerrado con la espalda unida. A cada uno de ellos se les entregó un auricular con un pequeño micrófono adjunto. Los auriculares enchufados a las mochilas. Cada uno de ellos probó rápidamente los equipos de comunicación y confirmaron que estaban en funcionamiento. Luego se pusieron las gafas de visión nocturna.

—¿Están todos listos? —preguntó Paul.

Todos estuvieron de acuerdo en que sí y se pusieron en cuclillas. Al llegar, el equipo quiso asegurarse de que pasaran desapercibidos. El trío podría correr o desplomarse dependiendo de lo que se encontrara al llegar. También estaban dispuestos a, si era necesario; presionar rápidamente un botón que los devolvería inmediatamente a su propio tiempo.

Tom habló: "A las tres. Uno, dos, tres."

Cuando se dijo el número tres, cada uno presionó un botón empotrado en la base de su mochila.

Escucharon a alguien en el laboratorio gritar "¡Buena suerte!" y luego se fueron.

Capítulo Veinticuatro

En un momento estaban en el laboratorio y al siguiente se encontraron de pie sobre un trozo de tierra dura. Habían aparecido en un terreno llano entre varias casas. Permanecieron agachados, sin moverse durante unos veinte segundos. Cuando estuvieron seguros de que habían llegado desapercibidos, se levantaron lentamente y comenzaron a caminar. Había un establo a su izquierda, y silenciosamente desaparecieron detrás de él.

Podían oír y oler a los animales que vivían dentro. También se notaba el olor a humo de leña.

—Hay una colina detrás de ese edificio, —dijo Catherine señalando, "Si uno de nosotros llega allí, podremos ver todo este lado del pueblo".

—Funciona para mí, —dijo Paul. "Tom entrega tus mini cámaras y micrófonos y ve a la cabeza. Tan pronto como estés allí, avísanos. Nos quedaremos aquí hasta que llegues allí".

Tom tardó unos diez minutos en ponerse en posición. Habló por sus auriculares. "Estoy listo."

—Está bien, está atento a si alguien viene hacia nosotros. Nos movemos ahora.

Desde su posición, Tom pudo ver a sus amigos mientras salían de su escondite y comenzaban a moverse por la aldea.

Les tomó varios minutos encontrar lo que buscaban. Parecía haber una pequeña zona de mercado que estaba cerca de varias casas. Podrían concentrar sus esfuerzos en esta área y no tener que preocuparse por todo el pueblo.

Catherine y Paul sacaron en silencio dispositivos miniaturizados de grabación de audio y video de sus bolsas de equipo y comenzaron a colocarlos en lugares ocultos. Aunque algunos de estos dispositivos eran del tamaño de un botón, encontraron que tenían problemas para encontrar lugares adecuados para colocarlos. Al final, solo pudieron colocar un poco más de la mitad de los que esperaban.

Cuando estaban terminando, la voz de Tom se disparó repentinamente a través de sus auriculares. "Hay un tipo de animal que se acerca desde el sur".

Tan pronto como se volvieron hacia el sur, escucharon el gruñido de un perro de tamaño relativamente grande. Se acercaba a ellos con los dientes a la vista y gruñía y ladraba.

Paul y Catherine reaccionaron de inmediato. Sus manos cayeron a sus cinturones de equipo. Presionaron un pequeño interruptor en un dispositivo en sus cinturones e instantáneamente el perro comenzó a aullar de dolor y corrió hacia la dirección en la que había venido. Los generadores de ruido ultrasónico habían sido más impresionantes en su efectividad. Si bien ninguno del equipo había escuchado nada, el sonido de alta frecuencia se había ocupado del perro sin tener que herirlo o matarlo.

—Chicos —dijo Tom—, es posible que quieran salir de allí. El perro hizo mucho ruido, y era claro incluso desde aquí arriba que estaba sufriendo. Alguien podría venir a comprobar las cosas".

—Está bien, pero aún tenemos que ocultar el receptor. Tiene que estar cerca. Sigue mirando.

—Por aquí, —dijo Catherine, conduciendo a Paul hasta el

borde del pueblo. Había un montón de tierra y lo que parecían ser escombros de viejos fuegos para cocinar.

Cuando Catherine sacó el auricular de su bolso, Paul cavó un pequeño agujero en la parte superior de la pila. Era lo suficientemente grande para enterrar el receptor, que era aproximadamente del tamaño de una pequeña lonchera. Había una pequeña antena de goma negra que sobresalía de la parte superior de la pila y estaba oculta con algunos trozos de madera carbonizada.

Los pequeños dispositivos enviarían sus grabaciones de audio y video al receptor, que las almacenaría en su disco duro interno. La principal debilidad de los dispositivos era su alcance limitado y la corta duración de la batería. Uno de sus beneficios más importantes fue que si el equipo tenía problemas y tenía que irse antes de recoger los dispositivos, con solo presionar un botón, todos los dispositivos y el receptor, si era necesario, se cortaban instantáneamente y se incendiaban. Si bien el fuego sería pequeño, sería suficiente para consumir los dispositivos. A lo sumo, solo quedaría un trozo ennegrecido de escombros derretidos.

Después de que escondieron el auricular, la pareja se separó y cada uno encontró un lugar oculto en las afueras del pueblo. Ahora el equipo tenía tres puntos de vista diferentes del pueblo.

Cada uno preparó su ubicación para que no fueran visibles, pero pudieran mantener la vigilancia de la comunidad. Cada uno de ellos tenía una cámara digital con un poderoso teleobjetivo que usarían durante el día, siempre que algo de interés les llamara la atención.

Después de menos de una hora, el pueblo comenzó a despertar. Al principio, solo algunas personas comenzaron a moverse, pero pronto la ciudad estuvo bastante activa. Los comerciantes estaban abriendo tiendas, los niños iban a buscar agua de un pozo y lo que parecía una pequeña banda de cazadores se formó y se fueron juntos.

A lo largo de la mañana, los observadores tomaron fotos y escribieron notas sobre lo que estaban viendo. A medida que avanzaba el día, el equipo se volvió caluroso e incómodo, pero se mantuvieron en posición fotografiando la interacción de la gente.

Catherine estaba especialmente emocionada con esta oportunidad. Durante años había estudiado y enseñado sobre este período de tiempo, y ahora podía observar esta cultura en vivo y en persona. Su única decepción fue que no pudo escuchar las conversaciones desde su posición. Con suerte, los receptores estaban captando gran parte de eso, y ella podría escuchar eso más tarde.

A medida que avanzaba el día, se encontraban cada vez más cansados. Finalmente, se turnaron para dormir. A medida que se acercaba la noche, Catherine estaba estudiando a un grupo de niños mientras jugaban, cuando de repente se escuchó el sonido de un movimiento a través de sus auriculares, seguido de una maldición casi silenciosa.

Antes de que pudiera reaccionar, llegó la voz de Tom. "¿Paul? ¿Eras tú? ¿Hay algo mal?"

Catherine pudo escuchar una respiración rápida y, después de un par de segundos, se escuchó la voz de Paul y sonó bastante estresada.

"Estaba dormido y me acabo de despertar. Y hay una gran serpiente justo enfrente de mí.

—¿Qué tan cerca?

—Está a un metro de mi cara, fue la respuesta susurrada.

Catherine respondió. "Paul, ¿puedes decir qué tipo de serpiente es? Recuerde que la mayoría de las serpientes aquí no son venenosas".

—Mide alrededor de un metro ochenta de largo; No veo un cascabel en la cola.

—Lo más probable es que sea una gran serpiente látigo. Son comunes aquí.

—Si eso es lo que es, ¿es venenosa? —preguntó.

—No, pero aún puede atacar, y ellos pueden hacerlo desde un metro de distancia.

—¿Qué debo hacer?"

—Quedarse quieto; probablemente saldrá en unos minutos.

—¿Debería intentar salpimentarlo o usar el Taser? Tom preguntó.

—No, mejor no la enojes.

Paul respondió: "Además, mis manos están lejos del cinturón del equipo, tendría que hacer algunos movimientos serios para llegar a cualquier cosa".

Paul trabajó para hacer más lenta su respiración, y después de varios minutos que parecieron varias horas, la serpiente se alejó.

Después de esa emoción, ninguno de los miembros del equipo pudo dormir. Después de que se puso el sol y la última persona se retiró para pasar la noche, esperaron una hora más. Luego, lentamente, se movieron de su cubierta y recuperaron el colector y cada uno de los pequeños receptores. Antes de irse, recogieron un par de zapatos y una capa que habían dejado afuera y se deslizaron silenciosamente detrás del granero.

En momentos, desaparecieron, moviéndose instantáneamente más de dos mil años hacia el futuro.

Capítulo Veinticinco

LOS DATOS RECOPILADOS RESULTARON INVALUABLES. LA calidad de la grabación de video fue excelente. El audio no era tan bueno, pero con un poco de mejora, era relativamente claro. Catherine pudo seguir conversaciones enteras. Incluso los hombres descubrieron que a menudo podían seguir el significado del diálogo.

Catherine se enteró de que, a pesar de su familiaridad con el idioma, hubo momentos en los que perdió el significado de una conversación. Esto no fue del todo inesperado y estaba relacionado con el dialecto de la región específica y la jerga local. Estos problemas fueron algunas de las principales razones por las que ella había sido tan inflexible que tomaron este viaje preliminar.

Se mejoró el video y se estudiaron los gestos de los aldeanos, así como la forma en que interactuaban entre sí. Se analizaron las fibras específicas de la ropa que se había tomado, y se utilizarían materiales similares para crear las prendas que el trío usaría en su próximo viaje. También copiarían los zapatos para que se mezclaran completamente. Había fotos claras de otros atuendos y variaciones de estos temas irían a los guardarropas finales que usarían los viajeros del tiempo.

—Hay una cosa que me preocupa, —dijo Tom una mañana mientras revisaban un video e intentaban imitar algunos de los gestos.

—¿Qué será? —preguntó Paul.

Tom recogió la capa y se pasó la prenda por la cabeza. Volvió a ser consciente del olor a humedad que desprendía la ropa.

—Incluso con esto encendido, las mochilas serán visibles. No podrás ver qué son, pero quedará claro que hay algo debajo de las prendas.

Después de una breve pausa, Catherine preguntó: "¿Qué tal simplemente aumentar el tamaño de la capa? Con algunas costuras bien colocadas, los contornos de esa mochila se pueden romper".

—Eso no será suficiente, —agregó Paul, "La forma de la mochila debe ser aerodinámica, las esquinas y los ángulos deben reducirse. Toda la unidad debe hacerse más delgada".

Catherine pareció sorprendida. "¿Un rediseño del paquete? ¿Cuánto tiempo llevará?"

—Ojalá no sea demasiado largo, —respondió Tom, "Quiero que esta aventura se mueva".

—Tengo otra preocupación, —dijo Paul. "Cuando regresemos, ¿qué haremos para obtener dinero? Es posible que podamos intercambiar algo, pero no habrá mucho que podamos intercambiar. De alguna manera, necesitaremos la capacidad de obtener dinero".

—En realidad, eso es fácil, —explicó Catherine. "Hay muchos sitios en línea donde puedes comprar réplicas de monedas de esa época. Ya ordené una buena selección para nosotros. Les daremos un poco de rudeza para que se vean usadas. No debería ser un problema".

Tom respondió: "¡Eso es genial! Parece que tenemos la mayoría de nuestros detalles cubiertos. ¡Nos acercamos a estar listos!"

El grupo dio media vuelta y salió del laboratorio. Mientras caminaban, Paul miró a su amigo: "Realmente pareces estar entusiasmado con nuestra aventura".

—¡Mucho! Esta es una oportunidad que nadie más ha tenido nunca. Ser testigo de la resurrección de Cristo. Tom respondió.

—¿Y no tienes ninguna duda? No responda que es porque tiene fe. ¿Cuál es la razón por la que tienes tanta confianza? —preguntó Paul.

—Sencillo. Yo soy un científico Estudio todos los hechos y saco una conclusión.

—Eso no tiene sentido. Yo soy un científico Prefiero una respuesta científica a la pregunta de dónde venimos todos.

—A mi modo de ver, —explicó Tom, —como científico, miro todos los hechos y encuentro una respuesta. Cada vez más científicos de todos los campos de estudio están aceptando un creador todo el tiempo. Las posibilidades de que todos los miles de millones de cosas necesarias para la vida en la Tierra se alineen, simplemente por casualidad, simplemente no son posibles. Piensa en todas las cosas que necesitaría, un planeta a la distancia justa del sol, en una órbita estable, con una atmósfera y agua habitable y un clima hospitalario. Ese planeta necesitaría tener los recursos para que, si por casualidad los humanos pudieran desarrollarse mágicamente, pudieran construir la sociedad avanzada que tenemos. Las probabilidades de que eso suceda son tan astronómicamente imposibles que tendrías mejor suerte abriendo la caja en un nuevo rompecabezas de 1000 piezas y tirando la caja de un techo y haciendo que todas las piezas caigan en forma de un rompecabezas completo. Luego mira el hecho de que hubo más de 300 profecías acerca del Cristo que se hicieron cientos de años antes de que él naciera y que todas se cumplieron. Las posibilidades de que todos se hagan realidad en una sola persona son ridículamente minúsculas. Como científico, miro esas dos cosas y debo concluir que tenía que haber un creador y que Jesús debe ser el Cristo.

Mientras los tres continuaban por el pasillo, Paul y Catherine comprendieron mejor por qué Tom creía, incluso si todavía ellos no lo hacían.

Capítulo Veintiséis

EL BOING 737 INICIÓ SU DESCENSO AL AEROPUERTO Internacional de Nassau. Sentados en primera clase estaban Bruce y Cynthia Wilson.

Desde que ganó la lotería y dejó el Instituto de Investigación Kingsman, Bruce y Cynthia habían estado ocupados. Habían diseñado una casa muy grande que actualmente estaba en construcción. Se estaba construyendo en una urbanización adinerada cerca de la frontera entre Massachusetts y New Hampshire. Estas eran sus segundas vacaciones en los últimos meses y ya tenían planes para un viaje a Australia en el otoño.

Bruce había querido contratar un jet privado para llevarlos en este viaje, pero a Cynthia no le gustaba volar y quería viajar en un avión más grande. Bruce le había dicho que se sentía así porque quería llevarse a muchas otras personas con ella si el avión caía. A ella no le había parecido graciosa su broma.

En este viaje de diez días, se alojarían en el resort Atlantis en Paradise Island. Habían reservado la suite Reef Atlantis y estaban ansiosos por recibir el tratamiento de lujo que experimentarían.

Bruce estaba ansioso por montar a caballo por la playa y Cynthia siempre estaba feliz cuando pasaba el tiempo en el spa. Sin embargo, ambos estaban emocionados de tener la oportunidad de bucear. En su último viaje, descubrieron que les encantaba bucear. Entonces, cuando llegaron a casa, se inscribieron en una clase de buceo y se certificaron como Buzos de aguas abiertas. Se inscribieron en el curso avanzado, pero la siguiente sesión no estaba programada para comenzar hasta después de que regresaran a casa.

Si bien Bruce se sintió un poco culpable por cómo ganó sus millones, todavía era lo mejor que le había pasado. Su relación con Cynthia había crecido y estaban más unidos que nunca. En gran parte porque pasaban más tiempo juntos haciendo cosas que ambos disfrutaban.

Las ruedas tocaron tierra y sacaron a Bruce de su ensueño.

—Vaya, estamos aquí casi media hora antes, —dijo Cynthia.

Bruce miró su reloj y respondió: "Espero que nuestro conductor esté aquí. No quiero tener que esperar por él.

—Si no está aquí, podemos simplemente tomar un taxi. Hubo un tiempo en que eso era lo que hicimos. No siempre tuvimos chóferes privados, bromeó.

—Lo sé, lo sé. Simplemente me gusta el servicio personalizado. Eso y las limusinas siempre huelen mejor que los taxis.

El avión se detuvo y la iluminación aumentó. Inmediatamente la gente empezó a levantarse de sus asientos y esperaron ansiosamente a que se abriera la puerta para poder salir del avión. Bruce sacó una pequeña mochila del compartimento superior y se la entregó a su esposa. Luchó con una cremallera defectuosa antes de guardar su libro en el bolsillo exterior.

Al salir del avión, siguieron las señales de inmigración. Bruce ya tenía el formulario en la mano, habiéndolo llenado mucho antes de aterrizar. Esperaba un pase rápido y no una búsqueda en profundidad. No tenía nada que ocultar, pero nunca le gustaron todos los obstáculos que tuvieron que saltar mientras viajaban. Afortunadamente, hubo preguntas mínimas, sellaron sus pasaportes y pasaron a recoger su equipaje.

Pasaron por el área segura y entraron en la terminal principal. Cuando la pareja se acercó al reclamo de equipaje, Bruce estaba buscando a su conductor. Había varios conductores sosteniendo iPads con los nombres de los clientes, pero Bruce no vio su nombre entre ellos. Su equipaje ya estaba en el carrusel, así que lo agarraron y se dirigieron a la salida.

—¿Quieres esperarlo? Podría ser veinte minutos o más, — preguntó Cynthia.

—No. En veinte minutos podemos estar allí. Tomemos un taxi. Llamaré al servicio desde el auto y les diré que llegamos temprano.

Salieron de la terminal y se dirigieron al paso de peatones. La pareja tuvo que esperar a que pasaran varios autobuses de enlace del hotel y vehículos de seguridad. Cruzaron hasta la siguiente acera donde había una fila de taxis esperando a los pasajeros.

Bruce levantó el brazo y se detuvo un taxi verde. Entregaron su equipaje al conductor que abrió el maletero.

Mientras cargaban el equipaje en el automóvil, escucharon a alguien gritar. Fue un guardia de seguridad. Miraba a los Wilson y sostenía algo en la mano. "¡Oye, dejaste caer tu pasaporte!"

Bruce metió la mano en su chaqueta y, al sentir la cubierta rígida, dijo: "No es mío".

Cynthia palpó la mochila a través de la cremallera rota y palpó su novela, pero no el pasaporte que acababa de colocar después de pasar por la aduana. Al darse cuenta de que el taxista tenía prisa por salir del área de carga, corrió hacia el guardia de seguridad sin pensarlo ni mirar hacia dónde se dirigía. Al instante, ella estaba justo en frente de un servicio de transporte del hotel que se movía a unos 30 kilómetros por hora. El movimiento fue tan rápido que el conductor, que había estado prestando atención, no pudo tocar los frenos hasta después del impacto.

El parachoques delantero la golpeó en la cadera derecha, y su cuerpo giró y se dobló. Su frente hizo añicos el faro delantero izquierdo. Se cayó y la rueda delantera le pasó por encima del pecho, aplastando costillas y llevándolas al corazón y los pulmones. En ese momento el conductor estaba presionando el pedal del freno con todas sus fuerzas. El autobús se detuvo justo antes de que las ruedas traseras dobles del vehículo de 9.520 kilos pasaran por encima del cuerpo. Desafortunadamente, no importaba. Cynthia Wilson ya estaba muerta.

Capítulo Veintisiete

Los últimos días han sido borrosos para Bruce Wilson. El accidente había ocurrido increíblemente rápido. La imagen del cuerpo destrozado de Cynthia era algo que sabía que nunca abandonaría su mente. Luego estaba el conductor del autobús histérico. Bruce ni siquiera quería mirarlo, pero ahora sentía bastante lástima por el hombre. Después de eso, fue una serie de eventos sin parar.

Comenzando con la llegada del paramédico, el viaje al hospital y todas las preguntas de la policía. Todos habían sido muy cariñosos, pero recordaba poco de eso. En algún momento, se organizaron los arreglos para que él viajara a casa y para el transporte del cuerpo de Cynthia.

El vuelo a casa había sido doloroso. Ya estaba agotado por la falta de sueño, y sentarse solo empeoró la experiencia.

El viaje de noventa minutos desde el aeropuerto fue difícil. La fatiga de Bruce comenzaba a afectarlo. En un momento dado, casi choca por detrás al Coche Fúnebre, que siguió durante todo el camino cuando su atención se desvió.

Cuando llegaron a la funeraria, era tarde y el director de la funeraria le pidió a Bruce que regresara al día siguiente y ellos se encargarían de todos los detalles.

Bruce se fue directamente a casa, solo necesitaba dormir un poco. Quería detenerse en la perrera para recoger a los perros. Sabía que su presencia ofrecería algo de consuelo. Desafortunadamente, era demasiado tarde y ya estaban cerrados. Pasó gran parte del viaje a casa deseando que hubiera una forma de comunicarse con los dos pastores alemanes. Para hacerles saber que su mamá no volverá. Estarían confundidos por su ausencia.

Esa noche, el cansancio y un par de somníferos tuvieron el efecto necesario y Bruce durmió profundamente, sin despertarse durante casi once horas.

Ahora aquí estaba él, tres días después, de pie junto a la tumba. Todos los amigos y la familia se habían ido, regresando a la casa de Bruce. Los vecinos de Bruce habían tenido la amabilidad de organizar un almuerzo, al que no asistiría.

Mientras miraba la tumba, la culpa aún lo abrumaba. Pensó en cómo su engaño al sistema, al viajar atrás en el tiempo, había llevado finalmente a la muerte de su amada esposa. Pensó en toda la riqueza y la casa que habían construido, y lo odiaba todo. Nunca quiso volver allí. Todo era tóxico para él ahora. Todo era la misma ganancia deshonesta que le había costado a la única persona que le importaba. Mientras pensaba en ello, supo que había una cosa que tenía que hacer. Había una persona que podía ayudar a hacer las cosas bien nuevamente.

Bruce se subió a su Lexus y se dirigió al sur. No le preocupaba toda la gente que lo esperaba en la casa. Necesitaba llegar al otro lado de la ciudad y no podía llegar tarde.

Bruce llegó al Instituto de Investigación Kingsman y pensó en cómo nunca había esperado regresar aquí. No es que fuera un mal lugar para trabajar. Había sido un trabajo apasionante y todo el mundo era bastante agradable. Sin embargo, sabía que había quemado esos puentes el día que hizo su viaje no autorizado al pasado.

Reconoció el todoterreno de Paul, estacionado donde

siempre estaba y paró junto a él. Bruce se sentó y esperó, sabiendo que esta sería una conversación muy incómoda.

Casi una hora después, vio a su antiguo empleador salir del edificio. Bruce abrió la puerta y salió. Moviéndose lentamente y tratando de no parecer conflictivo, se acercó a Paul. Paul siguió acercándose y luego miró hacia arriba y reconoció al hombre frente a él. Hubo un breve momento de confusión seguido de una mueca de enfado.

—¿Qué estás haciendo aquí? Paul gruñó.

—Sólo necesito hablar un minuto, Paul, —dijo Bruce mientras levantaba las manos en una posición de rendición.

—No tengo nada que decirte. Me traicionaste a mí y a todo el trabajo que hacemos aquí.

—Paul, lo entiendo. Pido disculpas, realmente desearía poder deshacer lo que hice. Solo necesito decirte una cosa. Bruce suplicó.

—¡No estoy interesado, Bruce! ¡Fuera de mi camino! —gritó Paul, mientras pasaba por el lado de Bruce y alcanzaba la puerta de su Explorer.

En voz más baja, Bruce dijo: "Mi esposa está muerta. Cynthia está muerta y todo es culpa mía. Si no hubiera regresado y me hubiera hecho rico, nunca hubiera sucedido. Ni siquiera sabía que estaba planeando hacerlo. Ella era inocente y ahora está muerta por mi culpa". Tuvo que luchar para terminar su declaración cuando las lágrimas regresaron y su voz se quebró.

Paul vaciló brevemente. Había conocido a Cynthia en el picnic de la empresa. Ella parecía agradable. Recordó que ella y Michelle habían hablado durante un rato y que a Michelle también le había gustado. Después de una pausa, abrió la puerta y entró. Antes de cerrar la puerta, miró a Bruce y preguntó. "¿Qué pasó?"

Bruce hizo un resumen rápido de lo que había sucedido, y decidió que Paul no estaba de humor para una versión más extensa.

—¿Qué es lo que quieres que haga? —preguntó Paul.

—Regresa. Sálvala. No me importa cómo. Adviérteme que no me tome las últimas vacaciones, tal vez incluso adviérteme que no cambie el pasado y me haga rico. Yo era un buen empleado. Evita que cometa este único error. No me importa. Solo sálvala.

Paul cerró la puerta y puso en marcha el motor. Puso la camioneta en reversa. Con el pie en el freno, bajó la ventanilla. "Voy a pensar en ello. Haré algo. Necesito pensar en cómo hacerlo". Sin otra palabra, cerró la puerta, retrocedió y se alejó.

Paul lo pensó durante todo el viaje a casa. Finalmente decidió qué hacer. Haría que todo el lío desapareciera. Regresaría y dejaría una nota a su yo pasado. Se aseguraría de nunca contratar a Bruce, entonces nada de esto sucedería. Pero no lo haría de inmediato. No tenía prisa por acabar con el dolor de Bruce.

Capítulo Veintiocho

La lluvia caía con tanta fuerza que a Tom le resultaba difícil ver lo que tenía delante. Redujo aún más la velocidad y continuó alrededor de la última curva de la carretera antes de acercarse al estacionamiento del Instituto.

Era temprano y el sol aún no había comenzado a aparecer en el horizonte. Esto se sumó a la mala visibilidad.

Después de estacionar, se sentó en el auto por un minuto, esperando un descanso del clima. Después de esperar varios minutos, admitió que no habría salvación de la mojada que estaba a punto de soportar. Mientras estaba sentado allí, pensó en lo que ese día le deparaba. En algún momento de esta noche, volvería a subir a este coche y se dirigiría a casa. Antes de que eso sucediera, pasaría ocho días en el pasado, presenciando el evento más importante de toda la historia. Estaba extremadamente emocionado, pero al mismo tiempo nervioso. El viaje en el tiempo no fue lo que lo puso nervioso. Tampoco fueron las interacciones con personas de una cultura diferente, que no hablaban su idioma.

Si bien estaba muy emocionado de ver al Señor Jesús en persona, ni siquiera podía decir que su nerviosismo provenía de ese encuentro inminente. Desde que podía recordar, había confiado en su Biblia por fe y solo por fe. Aceptando que cualquier malentendido que tuviera de las Escrituras se aclararía al morir. Nunca se preocupó de que su religión sea falsa. Él realmente creía, y solo en la muerte descubriría exactamente cómo Dios lo había diseñado todo. Pero aquí, en las próximas horas, volvería a verlo todo por sí mismo. ¿Y si Cristo no saliera de la tumba? ¿Y si los discípulos regresaran por la noche, como habían afirmado los fariseos, y se llevaran el cuerpo? Esos pensamientos fueron la causa real del nerviosismo de Tom. Tom lo sabía y eso le hizo sentir una gran vergüenza. Nunca había experimentado este tipo de dudas, pero ahora inundaban su mente. Tom se tomó unos minutos para rezar. Le pidió a Dios que le quitara las dudas y los temores. Rápidamente se dio cuenta de que se sentía mejor, pero también sabía que si no se mantenía ocupado, volverían. Porque esta no era la primera vez en los últimos días que experimentaba estos sentimientos.

Tom agarró el maletín de su computadora portátil y salió corriendo del auto, abriendo el paraguas mientras se movía. Descubrió que había una parte de él que quería permitir que la lluvia lo empapara bien. Habían pasado dos semanas desde su última ducha. Ni siquiera había usado desodorante durante ese tiempo. Su familia al principio se había burlado de él por eso, pero la semana anterior, simplemente se habían mantenido a distancia.

Solo en el siglo pasado el baño diario se convirtió en una práctica rutinaria, y hace dos mil años, era común bañarse con mucha menos frecuencia. Para las personas que querían pasar desapercibidas en una cultura extranjera, oler inusual no era una buena idea. Entonces, para ayudar a mezclarse con la gente de esa época, Catherine había recomendado un plan de no bañarse durante dos semanas antes del viaje.

Cuando Tom entró corriendo en el edificio, fue consciente de los faros detrás de él. Pero fue hasta que estuvo adentro cuando se dio la vuelta para ver que era la Expedición de Paul la que se había detenido. Tom esperó a que lo alcanzara y los dos se dirigieron juntos al ascensor. Había una reunión informativa programada del equipo para las siete de la mañana en la sala de conferencias principal, pero los dos tenían casi una hora antes de que comenzara.

Paul fue el primero en hablar, "Entonces, ¿cuánto dormiste anoche?"

—Poco. Una hora aquí y media hora allá. Me mantengo despierto.

—Lo mismo digo, estaba dando vueltas y vueltas tanto que finalmente fui al sofá para que Michelle pudiera dormir.

Tom asintió con la cabeza entendiendo, "¿Michelle vendrá aquí para ver?"

—Sí. Le expliqué que no hay mucho que ver, pero ella ha querido ver cómo sucede todo esto por un tiempo. La he estado desanimando, pero supongo que es hora. ¿Linda estará aquí?

—Sí. No creo que hubiera podido mantenerla alejada si hubiera querido.

—Sé lo que quieres decir, —respondió Paul. "¿Vas a ir a tu oficina por un tiempo, antes de que comencemos?

—Solo por un minuto, quiero dejar esto y pasar unos minutos en oración. Estoy muy nervioso y solo necesito concentrarme. No puedo estudiar esta mañana; No podría concentrarme en lo que estaba tratando de leer.

Paul asintió con comprensión, "Sé lo que quieres decir, yo también estoy un poco emocionado".

—Puedes acompañarme si quieres, ofreció Tom, sabiendo ya la respuesta.

Hubo una notable vacilación antes de que Paul respondiera.

—No, creo que iré al laboratorio y veré cómo van los preparativos.

Tom asintió y se dirigió hacia su oficina, gritando. "Nos vemos allí en unos minutos".

Cuando Paul entró en el laboratorio, se alegró de ver el nivel de actividad que estaba teniendo lugar. Pasó más de una hora antes de que llegara el personal del laboratorio, pero hoy ya estaban inmersos en los preparativos para la actividad del día.

Tenía un buen equipo trabajando para él. También podía comprender la tentación que lo había llevado a los viajes no autorizados al pasado. Solo esperaba haber convencido a todos los demás de no ceder a esa tentación.

Los técnicos volvieron a ejecutar las rutinas de diagnóstico en las unidades de mochila. Buscaban cualquier cosa que pudiera ser un problema.

Había otros apiñados alrededor de tres grandes bolsas de plástico. Cada contenedor semitransparente contenía el equipo para el miembro del equipo cuyo nombre estaba escrito en la parte superior. Los equipos médicos, alimentos, baterías, armas y equipos de grabación de audio y visuales estaban siendo revisados nuevamente.

Paul fue consciente de un sentimiento de excitación que flotaba en la habitación. Como observó, sin interferir, tenía un claro sentido de orgullo por su gente y por todo el esfuerzo que habían puesto para que este proyecto se concretara.

Detrás de él, se oyó un silbido, Tom y Catherine entraron en el laboratorio. Ella llevaba la gran taza de café que siempre llevaba consigo por las mañanas. "Buenos días Paul," Catherine habló mientras se acercaban.

—¿Estás lista para hoy? Paul le preguntó.

—Tan lista como nunca lo estaré. Creo que hemos planeado y preparado todo lo posible. Es hora de hacer esto, —respondió.

Tom agregó: "Estoy de acuerdo, hagamos esto".

—Me sorprende que estés tan listo para hacer esto, Tom. Catherine dijo: "Estás a punto de perder una apuesta".

Tom sabía que ella solo le estaba haciendo pasar un mal

momento, pero descubrió que no tenía una respuesta rápida lista, "Ya veremos" fue la mejor respuesta que se le ocurrió.

—Catherine, ¿vendrá tu esposo a ver hoy? —preguntó Paul.

— Quería hacerlo, pero anoche tuvo que volar a Denver para trabajar. No volverá en unos días, —explicó.

Después de varios minutos de una pequeña charla, Paul miró su reloj y exclamó: "Es hora de comenzar la sesión informativa".

Salieron del laboratorio y se dirigieron por el pasillo hacia la sala de reuniones. A medida que se acercaban, se dieron cuenta de muchas conversaciones emocionadas, posiblemente agitadas, provenientes de la sala de conferencias. Tan pronto como entraron, la habitación se quedó en silencio y caras preocupadas los miraban.

—¿Qué está sucediendo? Tom preguntó

—En el podio, Tom. Una voz respondió, y la gente reunida retrocedió cuando el equipo se acercó.

En el podio había un sobre de papel manila. Por su forma, aparentemente había algún objeto en el sobre. En el exterior del sobre, había dos cosas. Primero fueron las desordenadas letras escritas a mano "CC" en un gran marcador negro. El segundo eran dos manchas rojas húmedas que solo podían ser sangre.

Capítulo Veintinueve

APROXIMADAMENTE DOS MIL AÑOS ANTES, DANIEL, HIJO DEL sumo sacerdote David, se despertó para sentir los efectos de la bebida de la noche anterior. Le dolía el estómago y le dolía la cabeza. Daniel estaba acostumbrado a despertar en esta condición.

Miró alrededor de la habitación y vio a sus amigos, Malachi y Stone. El verdadero nombre de Stone era Ameur, pero todos siempre lo habían llamado Stone. Daniel no estaba seguro del origen del apodo, pero personalmente creía que podría ser debido a que la inteligencia de su leal amigo era solo un poco más alta que la de una piedra.

Malachi ya estaba despierto y estaba sentado con un balde de agua. Estaba trabajando para limpiar la sangre seca de su mano y muñeca izquierda.

Desde esta distancia, era imposible saber si la sangre era de Malachi o si se había filtrado de una de las personas a las que el trío había robado la noche anterior. Muchos de los detalles de la última noche estaban borrosos, pero Daniel aún recordaba a los otros tres hombres que habían decidido vociferar cuando Stone metió la mano en su carreta. Se había servido un poco de pan que había quedado a la vista. Había estallado una pelea, y al final, el trío se había ido con varias canastas de comida y varios odres abultados de vino.

Mañana comenzarían su regreso a Japón. Habían estado cerca de la ciudad durante casi una semana y era hora de regresar. Malachi se iba a casar en menos de una semana y este viaje había sido para celebrar el próximo matrimonio.

No había forma de que Malaquías supiera este hecho crucial, pero en su noche de bodas, su nueva esposa iba a concebir un hijo. Este niño sería el pariente lejano de una mujer llamada Catherine Vorte. Catherine Vorte se casaría, en unos 2000 años a partir de ahora, con un hombre llamado Jeff Collins.

Su viaje había sido agradable, pero como de costumbre, bebieron en exceso y luego se metieron en peleas. Ninguno de los tres sabía si sus tres víctimas de la noche anterior habían sobrevivido al enfrentamiento. Sin embargo, los tres sabían que a lo largo de los años algunos no lo habían hecho.

Mientras Daniel se levantaba, comprobó rápidamente para asegurarse de que su espada estuviera donde esperaba encontrarla. La espada corta había sido un regalo años atrás del padre de Malachi, quien les dio a cada uno de los niños un arma idéntica a medida que se acercaban a la edad adulta.

Mientras se movía, escuchó un sonido de metal contra metal, miró y vio que Stone comenzaba a moverse. El sonido procedía de la pesada cadena que siempre llevaba el hombre. A menudo lo usaba alrededor de su cintura y podía quitárselo rápidamente si era necesario. La cadena tenía una bola de hierro con un diámetro de tres pulgadas en un extremo. Esta cadena era el arma elegida por el hombre aburrido, y Daniel había visto la precisión mortal con la que su amigo podía blandirla.

Daniel salió y respiró el aire fresco de la mañana. Un día más de juego y luego a casa.

Al regresar a la pequeña casa de la que se habían apropiado, de una viuda anciana renuente, tomó el último odre y bebió. Hoy sería un buen día se aseguró.

Capítulo Treinta

La habitación estaba completamente en silencio mientras los tres miraban el sobre. Después de varios segundos, se miraron el uno al otro pero aún no hablaban ni se movían.

Finalmente, Paul extendió la mano y abrió con cuidado el sobre. Dentro había una unidad USB. Paul sacó el dispositivo y lo miró. No había etiqueta, pero tenía más manchas de sangre. Sintió un escalofrío y una leve náusea que se desarrollaba. Miró a Tom y Catherine y pudo ver que sentían algo similar. Sin decir una palabra, conectó la unidad a la computadora portátil y abrió el archivo multimedia.

Desde el punto de vista de la cámara, estaba claro que la grabación se había realizado en esta habitación. Había una vista de la pizarra y la puerta más allá, por la que acababan de entrar.

Paul apartó la mirada de la pantalla, y a dos metros de distancia estaba la cámara que había hecho la grabación, sentada en su trípode en su lugar habitual en la habitación.

Paul volvió su mirada a la pantalla justo a tiempo para ver a Catherine moverse frente a la cámara. Sus movimientos no eran naturales. Ella estaba favoreciendo su pierna izquierda, y cuando se volvió para mirarlos, todos jadearon, excepto Catherine, que soltó un pequeño grito.

En la pantalla, Catherine se puso de pie, vacilante; sostenía su brazo derecho, que miraba en un ángulo inusual. El lado izquierdo de su cara estaba rojo e hinchado. En el lado derecho de su rostro, había un corte considerable en su rostro que sangraba activamente. La herida estaba abierta de par en par e iba desde la parte inferior de la mejilla hasta el ojo. Cuando comenzaba a hablar, su equilibrio comenzó a fallar, y desde ambos lados de la cámara aparecieron Linda y Michelle y ayudaron a sostenerla. Sus rostros estaban pálidos y había una expresión de terror en los rostros de las dos mujeres.

—Aproximadamente dos horas después de la llegada nos dirigiremos hacia el sur, verá que tres hombres se acercan. De su discurso quedó claro que su boca le estaba causando un dolor significativo, también le faltaban varios dientes del frente. "Tan pronto como se acerquen lo suficiente, atacarán. Ambos quedarán discapacitados y asesinados casi de inmediato. Los tres me sacarán de la carretera a rastras. Debes evitarlos o lidiar con ellos antes de que se acerquen lo suficiente para atacar. Me escapé porque estaban distraídos cuando detonaron tus cargas de termita. Regresaron al camino para ver cuál era el ruido y el olor. Pude presionar el botón de tránsito de emergencia en ese momento".

Después de hacer esta declaración, las otras dos mujeres ayudaron a Catherine a alejarse del frente de la cámara. Momentos después terminó el video.

Durante casi medio minuto nadie dijo nada, y luego comenzaron los susurros. Pronto todos estaban hablando a la vez.

—¡Cálmate y toma asiento! Paul expresó. Casi de inmediato, el nivel de ruido bajó.

Paul tomó con firmeza los brazos de Tom y Catherine y los condujo al pasillo. Paul era consciente del miedo en los ojos de Catherine. Podía entenderlo. Estaba desconcertado por lo que acababan de ver. Si se hubiera visto a sí mismo en la grabación, gravemente dañado y con un dolor tan obvio, sabía que se veía tan agotado como Catherine ahora.

—Decidiremos aquí y ahora, comenzó con una voz autoritaria, "¿continuamos con nuestro proyecto, sí o no?"

Tom respondió primero: "Catherine regresó para decirnos cómo superar este problema. Incluso después de recibir la paliza que recibió, no sugirió que abortáramos. Para mí estaba claro que el mensaje era que debíamos continuar".

La voz de Catherine sonaba más débil de lo habitual, pero no dudó. "Nos vamos."

—Bien, —dijo Paul mientras colocaba su brazo alrededor de los hombros de Catherine de una manera reconfortante. "Mantenga los ojos abiertos para recibir mensajes adicionales. Uno de nosotros puede traer a otro para advertirnos sobre algún otro problema". Mientras hablaba, condujo al grupo de regreso a la sala de conferencias.

Inmediatamente la habitación se quedó en silencio y Paul se dio cuenta de que todos lo miraban expectantes a él y a sus compañeros.

—No hay cambios en los planes, —anunció. El alivio que recorrió la habitación fue evidente. La mayoría de estas personas habían pasado años en este proyecto. Si bien todos estaban todavía preocupados por lo que habían visto de Catherine en la grabación, la idea de que todo este trabajo no se completara era dolorosa.

Muchos de este equipo vieron el éxito de este proyecto como una catapulta que lanzaría sus carreras con salarios mucho más altos.

Después de un momento, comenzó la reunión. El equipo volvió a revisar los detalles de los planes. Todos debían estar en la misma página. Se exhibieron y examinaron las últimas pruebas de diagnóstico de equipos.

Después de veinte minutos, todos quedaron satisfechos de que no había nada más que revisar y se levantó la sesión. Tom abrió el camino hacia el laboratorio. Al llegar, Michelle y Linda los estaban esperando. Se veían un poco nerviosos y emocionados al mismo tiempo.

Paul esperaba que el resto del personal fuera lo suficientemente inteligente como para no haber mencionado el mensaje de advertencia de Catherine a ellas dos. Después de breves saludos, a cada una de los tres aventureros se les entregó una bolsa de plástico sellada.

Se fueron a oficinas separadas donde se cambiarían. En el interior se desvistieron de toda su ropa normal. Poniéndolo todo en otra bolsa, para que se ocuparan de estas cuando regresaran. Luego se vistieron con los paquetes que habían recibido. La ropa que se pusieron era áspera e incómoda en comparación con la que usaban normalmente. La mayoría de las prendas colgaban de forma incómoda y estaba claro por qué las modas del pasado habían desaparecido. Incluso una inspección minuciosa de su ropa pasaría todo o casi todo el examen más completo. La única excepción serían los zapatos. Sus zapatos parecían idénticos a los que habían fotografiado y robado del pasado, por fuera. En el interior había cojines y soportes de arco del siglo XXI, que utilizaban materiales modernos, algunos de los cuales se inventaron solo en los últimos veinte años. Consideraron esto un riesgo aceptable ya que los pies del equipo nunca tolerarían el abuso que generaría el calzado primitivo.

Después de ponerse el disfraz, volvieron a reunirse en el laboratorio. Rápidamente estudiaron el atuendo del otro, buscando cualquier cosa que estuviera un poco fuera de lugar. Después de asegurarse de que todo estaba en su lugar, comenzaron a reunir el resto de su equipo. Colocaron las cámaras de video para que registraran todo lo ocurrido, sin ser visibles. Las mochilas significativamente aplanadas fueron derribadas. El equipo prefirió el ajuste de las unidades rediseñadas, pero notó que el peso no había mejorado.

Cada uno de ellos llevaba una capa hecha jirones que

colgaba lo suficientemente holgada como para ocultar las mochilas. Los bolsillos discretos contenían otro equipo, y cada uno tenía una bolsa con otros suministros que llevaban al hombro.

El equipo posó para una foto rápida, ante la insistencia de Linda. Luego, las conexiones de datos y energía se adjuntaron a las mochilas, y las unidades descargaron rápidamente las instrucciones finales y comenzaron a sincronizarse entre sí.

Solo un par de minutos después, las luces de estado en la consola de la computadora y las mochilas se volvieron verdes, lo que indica que era hora de irse. El equipo se alineó, espalda con espalda, y soltó las conexiones. Se agacharon juntos, mientras escuchaban la cuenta regresiva de la computadora desde seis.

Cuando llegó a cero, desaparecieron del laboratorio.

Capítulo Treinta Y Uno

CUANDO EL LABORATORIO DESAPARECIÓ, SE ENCONTRARON en completa oscuridad. Habían planeado llegar de noche cuando habría menos posibilidades de encontrarse con alguien. Sus ojos estaban acostumbrados a la luz del laboratorio y no habían traído sus gafas de visión nocturna. No había espacio en sus bolsos ni en sus bolsillos. Estaban agachados para minimizar lo que los demás pudieran ver. Estaban espalda con espalda mirando en todas direcciones para reaccionar ante cualquier amenaza, pero estaban completamente ciegos. La visión regresaría a medida que sus ojos se adaptaran, pero eso podría llevar varios minutos. Se congelaron escuchando cualquier sonido. Al no escuchar ninguno, esperaron a que su visión mejorara.

Mientras inspeccionaban en silencio sus alrededores, se sintieron aliviados al ver que estaban en un terraplén rocoso justo debajo de un sendero o camino estrecho. Se dirigieron lentamente hacia la carretera. Una vez allí, nuevamente se quedaron inmóviles y escucharon cualquier sonido hecho por el hombre. Al no escuchar ninguno, Paul sacó una pequeña brújula de una bolsa en su cinturón, y después de solo un par de segundos dijo: "Está bien, vamos".

Los tres emprendieron el camino hacia Jerusalén. Sabían que si todos sus cálculos eran correctos, Cristo entraría en la ciudad ese día. Su primer objetivo de esta misión fue estar en el lugar para presenciar ese evento.

Continuaron hacia la ciudad que se hacía visible a lo lejos. A medida que avanzaba la mañana, se encontraron con varias personas que también viajaban por las carreteras. Sabían que esta era una prueba temprana de sus preparativos. Sin embargo, los otros viajeros ni siquiera les dieron una segunda mirada. Al parecer, no había nada en ellos que estuviera demasiado fuera de lugar.

Estaban descendiendo una pequeña colina cuando escucharon algunas voces más adelante. Al doblar una curva, vieron acercarse a tres hombres. El del centro parecía ser el líder. Los demás estaban a medio paso detrás de él.

Los tres tenían barbas de longitud media. Los dos de la izquierda tenían capas que parecían bastante viejas. El de la derecha era aproximadamente quince centímetros más alto y parecía un poco fuera de lugar comparado a los otros dos.

Los hombres eran ruidosos y parecían enérgicos. Cuando notaron que Paul y su equipo se acercaban, su conversación se volvió más tranquila.

Paul se dio cuenta de que si no estuviera buscando específicamente tales signos, el lenguaje corporal y los comportamientos discretos fácilmente podrían haber pasado desapercibidos. También era consciente de que caminaban hacia una ligera brisa. Paul también notó que mientras los hombres parecían continuar su conversación, cada pocos segundos uno de los tres miraba brevemente al trío. Cuando la distancia se redujo a unos tres metros y medio, reconoció la palabra aramea para "Ahora" hablada en voz baja por el que estaba en el centro.

Daniel y Malachi sacaron sus armas cortas parecidas a espadas de debajo de sus capas, y Stone sacó una cadena con un peso en el extremo.

Los viajeros del tiempo no dijeron una palabra, pero inmediatamente corrieron hacia adelante cerrando la distancia en solo unos pocos pasos. Este movimiento desanimó a los posibles atacantes que esperaban una reacción totalmente opuesta.

A medida que la gente del futuro se acercaba, tres pistolas Taser M26 aparecieron debajo de sus túnicas y dispararon de inmediato.

Catherine y Tom golpearon a sus objetivos directamente en la garganta desde una distancia de menos de dos metros. Los hombres se estrellaron contra el suelo y se agitaron espasmódicamente en el suelo. Los dardos en sus cuellos y los cables que conectaban hacia las armas, hacían que pareciera que estaban agarrando animales con una correa. Los dardos de Paul golpearon la cadena que el tercer hombre estaba empezando a balancear y rebotaron sin causar daño.

Afortunadamente, Stone vio a sus camaradas en el suelo agitándose y se distrajo el tiempo suficiente para que Paul diera un paso adelante. Con mucho cuidado, preparó el ángulo y lanzó una fuerte patada directamente a la rodilla de la pierna que soportaba la mayor parte del peso. Paul había pivotado lo suficiente antes de patear y pudo golpear el costado de la articulación. Hubo un crujido audible cuando el golpe rompió el hueso y el cartílago. Con un grito sobrenatural, el hombre cayó al suelo. Una segunda patada le dio en el costado de la cabeza y la hizo rebotar en la carretera compacta. No hubo más gritos porque Stone quedó inconsciente de inmediato.

El equipo inmediatamente recogió las armas del atacante, recargó sus armas Taser y se marchó. Paul había querido quitarles la ropa, para asegurarse de que no habría persecución, pero Catherine había señalado que el tráfico en esta carretera había aumentado y una pequeña distancia ahora sería mucho más beneficiosa.

Mientras se dirigían por la carretera, ya podían escuchar a

dos de los hombres que comenzaban a moverse. Pasaría un poco más de tiempo antes de que lo hiciera el tercero, y seguramente habría muchos gritos cuando finalmente lo hiciera.

Habían hablado de quedarse con algunas de las armas reunidas. Las armas visibles harían que otros lo pensaran dos veces antes de atacar, pero estas espadas antiguas eran bastante pesadas y ya se estaban esforzando bajo sus pesadas cargas.

Paul quedó impresionado con la espada que sostenía. Estaba bien hecha. Tenía un mango adornado y se sentía cómodo en su mano.

Paul miró a su alrededor para asegurarse de que estaban solos y abandonó la carretera, recorrió unos veinticinco metros y escondió las armas debajo de las rocas y la arena.

El encuentro con los ladrones había durado menos de diez segundos, y así de rápido el futuro cambió para siempre.

Capítulo Treinta Y Dos

SE MOVIERON UN POCO MÁS RÁPIDO AHORA, QUERIENDO poner algo de distancia entre ellos y los posibles asesinos.

Después de un par de horas, se encontraron detrás de un burro tirando de una carreta. Redujeron el paso y consideraron rodear el viejo carro.

El tráfico en la carretera era cada vez más denso, por lo que Paul comprobó que el trio estuviera junto. Se dio cuenta de que había más conversaciones a su alrededor y comenzaba a sentirse muy cohibido. Le preocupaba que pudiera parecerles antinatural mantenerse solos y en silencio.

Aparentemente, Catherine también estaba pensando en eso. Tom y Paul se sorprendieron cuando de repente ella entabló una conversación con otra mujer que viajaba en su dirección. La otra mujer viajaba con tres hombres que iban un poco detrás de ella. Estaban ocupados hablando entre ellos. Paul y Tom disminuyeron un poco la velocidad para poder escuchar la conversación de Catherine.

"Somos del norte, hemos estado viajando durante muchas semanas", escucharon decir a Catherine en arameo.

—Extranjeros, eso explica tu acento. ¿Qué te trae a Jerusalén hoy? ¿Viniste a ver al Maestro?

—Venimos en busca de trabajo, hubo dificultades en casa, —dijo Catherine, que se apegó al plan. Decidieron decir que eran extranjeros, pero se mantuvieron vagos en cuanto al motivo de su presencia.

Catherine continuó: "¿De qué maestro estás hablando?" preguntó, aunque ya sospechaba la respuesta.

—Jesús. ¿No has escuchado? Hay quienes dicen que él es el Mesías. No sé si lo es, pero es increíble escucharlo. He oído que ha curado a los enfermos y resucitado a los muertos, pero nunca lo he visto. Hoy viene gente de todas partes. Dicen que él y sus seguidores vendrán hoy. Muchos quieren que sea rey, —explicó la mujer.

—Eso es interesante, —respondió Catherine, —espero que mis hermanos quieran esperar y ver a este maestro cuando llegue.

Paul se estaba concentrando en el intercambio. Le pareció emocionante escuchar esto y escuchar y comprender este lenguaje del pasado.

Hubo una repentina conmoción y gritos justo frente a ellos. Paul miró rápidamente hacia adelante, pero no lo suficientemente rápido. Una de las ruedas desvencijadas se había desprendido de la parte trasera del carro y llegó hasta el camino de Paul. La carreta se estrelló contra el suelo y el burro estaba rebuznado muy alto. La gente gritaba, y antes de que Paul supiera lo que había sucedido, su pie golpeó la rueda.

Normalmente, podría haber podido evitar la caída. Sin embargo, con todo el peso extra que llevaba, su equilibrio se vio comprometido lo suficiente. Cayó hacia adelante, el suelo se venía hacia él y extendió las manos instintivamente. Incluso antes del impacto, conocía el error de esa acción. Su mano derecha extendida golpeó primero. Incluso antes de que el resto de él aterrizara, la sensación de los huesos el radio y del cúbito en su antebrazo rompiéndose estaba llegando a su cerebro. Para cuando el resto de él cayó al suelo, ya estaba gritando.

La multitud se quedó brevemente en silencio, ya que todos escucharon que los huesos se rompían.

Más tarde, Tom se sintió un poco avergonzado, pero descubrió que su primera preocupación no era por su amigo, sino que Paul, en ese momento, podría gritar accidentalmente algo en inglés. Afortunadamente, no lo hizo, solo gritó fuerte y largo.

Catherine le dijo rápidamente: "¿Dónde te duele?" ella preguntó.

Por un momento Paul se quedó mirándola sin comprender, y luego comprendió el significado de las extrañas palabras.

Manteniéndolo simple, respondió: "Carpo".

Catherine solo asintió reconociendo el término latino para la muñeca. Ella y Tom lo ayudaron a levantarse. Otros también intentaron ayudar, pero Tom y Catherine rechazaron cortésmente su ayuda. Cualquiera que tocara la espalda de Paul sentiría el paquete sólido justo debajo de su capa.

Cuando se puso de pie, miró a las personas que lo estaban mirando y dijo. "Estoy bien gracias."

Los tres se apartaron del camino y encontraron varias rocas que eran lo suficientemente grandes para sentarse.

Continuando en latín, Catherine preguntó: "¿Estás herido en algún otro lugar?"

—No, todo lo demás son pequeños hematomas.

Tom tomó el brazo y lentamente expuso la muñeca. Estaba claro que esta acción fue bastante dolorosa para Paul, pero no dijo nada. La muñeca ya estaba hinchada. Obviamente estaba deformado, pero el color era normal, la circulación sanguínea era buena.

—Necesitamos recuperarlo para que esto pueda tratarse adecuadamente, —dijo Tom.

—No, fue la única respuesta de Paul.

Catherine lo miró sorprendida, "Paul, esa muñeca está rota. Hay poco que podamos hacer al respecto aquí. Si saltamos hacia atrás, podemos regresar más tarde o dejar otra advertencia para que la recibamos justo antes del salto, para advertirnos de que esto está sucediendo. Entonces se puede evitar".

—Vamos a entablillarlo por ahora; el dolor está disminuyendo. Si se vuelve demasiado malo, siempre podemos retroceder entonces, —insistió Paul.

Tom y Catherine intercambiaron miradas y luego Paul habló. "Chicos en serio, estoy bien".

Tom simplemente se encogió de hombros y comenzó a buscar los materiales que necesitaría para entablillar el brazo.

Paul no pudo explicarse a sí mismo todas las razones de su reacción. Sospechaba que simplemente no podía lidiar con la idea de regresar después de haber llegado tan lejos. Había dos cosas que sabía, el dolor no mejoraba y la muñeca no estaba bien.

Capítulo Treinta Y Tres

DANIEL ESTABA CONFUNDIDO Y DESORIENTADO CON LA sensación de entumecimiento más inusual en todo su cuerpo. También sentía algo de dolor en la garganta, y cuando colocó la mano allí, salió con una pequeña cantidad de sangre. Se dio la vuelta y trató de ponerse de pie. No parecía tener el control total de sus brazos y piernas y volvió a colapsar. Volvió la cabeza y buscó a sus amigos. Notó que Malachi también estaba sangrando por el cuello y parecía estar tratando de aclarar su cabeza. Stone todavía estaba inconsciente. Había un pequeño charco de sangre junto a su cabeza y su pierna izquierda estaba en una posición antinatural.

No entendía lo que le acababa de pasar. Habían visto a los dos hombres y una mujer que se acercaban a ellos. No había armas visibles y se había acordado de la decisión de robarles y tal vez divertirse un poco con la mujer. Recordó que mientras se preparaban para hacer su movimiento, el grupo de repente se acercó a ellos y tenían cosas extrañas en sus manos. Después de eso, recuerda una sensación horrible a través de su cuerpo y caer al suelo. Trató de ponerse de pie varias veces más antes de tener éxito.

Una vez de pie tuvo que concentrarse para no volver a caer. Lentamente dio dos pasos hacia sus amigos.

Escuchó un sonido y miró hacia el camino, el trío aún era visible y se alejaba rápidamente. Al ver que el grupo que se retiraba llevaba las espadas que tanto él como Malachi atesoraban tan profundamente, así como la cadena de Stone, se apresuró a perseguirlos. Sus piernas colapsaron inmediatamente y cayó al suelo. Al parecer, todavía no estaba preparado para ese tipo de actividad.

Daniel gateó los tres pasos hasta su amigo. "¿Qué pasó? ¿Por qué me siento de esta manera?"

Malachi lo miró, sus ojos tenían problemas para enfocarse. "No lo sé. Me duele y se me entumece todo el cuerpo".

—Esa gente nos hizo algo.

—Lo sé, pero ¿qué?

— No estoy seguro, pero quiero averiguarlo, —respondió Malachi.

—Se llevaron nuestras espadas y la cadena de Stone, — explicó Daniel.

Entonces debemos ir tras ellos. "¡No me voy a casa sin esa espada!"

—Lo sé. Los recuperaremos. Pero es mejor que tratemos a Stone primero. Parece que está más herido que nosotros.

Ambos se dirigieron hacia su amigo y hubo un leve gemido cuando tocaron su hombro.

—¿Ves esa pierna? —preguntó Daniel.

—Sí, no volverá a caminar bien. No caminaré en absoluto durante mucho tiempo.

—Lo sé.

Stone estaba recuperando lentamente la conciencia y lo primero que vio fue a sus amigos arrodillados junto a él. Le dolía la cabeza y sentía la pierna como si estuviera en llamas.

Trató de incorporarse y Malachi lo ayudó. Cuando se movió a una posición sentada, su pierna giró ligeramente hacia la izquierda.

La explosión de dolor le atravesó la pierna. El grito agonizante brotó de su boca antes de que se diera cuenta de lo que había sucedido. Por un minuto pensó que se desmayaría y durante las próximas semanas Stone deseó poder hacerlo.

—Necesitamos llevarlo a un lugar para descansar y encontrar un médico. Luego iremos a recuperar nuestras cosas, decidió Malachi.

—¡Haré que se arrepientan de habernos hecho esto! —dijo Daniel.

Mientras Daniel se quedaba con su amigo herido, Malachi fue en busca de alguien con una carreta que pudiera usarse para mover a Stone.

—Regresaré, no muevas su pierna.

Malachi partió a paso lento, en la dirección en la que pensaba que estaba la ciudad más cercana.

Mientras estuvo fuera, Daniel trató de que su amigo se sintiera cómodo.

Sacó una pequeña manta del bolso de Stone, la dobló y se la puso debajo de la cabeza.

Cuando Stone recuperó el conocimiento, lo animó a beber un poco de vino.

—¿Qué me pasó? —preguntó Stone.

—Íbamos asaltar a dos hombres y la mujer con ellos, y ellos nos atacaron primero.

—Recuerdo haberlos visto a ti y a Malachi cayendo al suelo y luego yo estaba cayendo.

—Uno de ellos te sacó la rodilla, —explicó Daniel.

—Duele mucho. ¿Cómo se ve?

—Todo está hecho un desastre, amigo mío. Malachi fue a buscar un carro para que podamos moverte, pero eso dolerá.

Capítulo Treinta Y Cuatro

Tom volvió a la carretera y regresó con un trozo de madera roto que se había desprendido de la carreta durante el accidente. Lo había notado tirado en el suelo cuando ayudaban a Paul a ponerse de pie. Tom rompió aún más la tabla para que tuviera la longitud adecuada y crearon una tablilla primitiva. Lo sujetaron al brazo con una tira de lino.

Paul estaba observando de cerca a Tom juntar los materiales de entablillado y no se dio cuenta de lo que estaba haciendo Catherine hasta que lo agarró por el brazo y dijo: "No te muevas". La sensación fría y húmeda de la gasa con alcohol se notó justo antes de que él la viera hundir la aguja de calibre veintidós en el bíceps.

—¿Morfina? —preguntó.

—Sí, diez miligramos. Además, trágate estos. Ella le dio varias pastillas de color naranja, "Ochocientos de ibuprofeno también. Eso ayudará con el dolor ahora y durante varias horas. También debería reducir la hinchazón. No quiero darte más, o estarás demasiado drogado para funcionar".

—Muy bien, ¿puedes darme un poco de agua para que pueda tragarlos? No puedo sacármelo del cinturón en este momento.

Catherine se aseguró de que nadie mirara y luego sacó la cantimplora de plástico de debajo de la bata de Paul. Ella le quitó la tapa y él bebió lo suficiente para tomar las pastillas.

—Mientras estemos aquí y aislados, deberíamos revisar todo el equipo y comer. Será difícil comer nuestra propia comida si hay alguien cerca. Se verá y olerá diferente a las cosas con las que están familiarizados, —sugirió Tom.

Accediendo, rebuscaron en sus raciones y comieron rápidamente. Cada uno de ellos comió dos barras energéticas y varios puñados de mezcla de frutos secos. Tendrían que conseguir comida local o se acabarían sus existencias en unos pocos días. Este siempre había sido el plan. No tenían forma de llevar la comida de una semana completa, junto con el resto del equipo que tenían.

Después de comer, Tom recogió todos los envoltorios y los quemó rápidamente, asegurándose de que no quedara nada que fuera identificable de alguna manera.

Después de veinte minutos, los medicamentos empezaron a hacer efecto y el rostro de Paul estaba recuperando gran parte de su color normal.

Los tres volvieron a la carretera y reanudaron su viaje hacia la ciudad. Después de otra hora llegaron justo afuera de la puerta de la ciudad. Ya se había formado una gran multitud y estaba alineada a ambos lados de la carretera durante casi cien metros. Había un ambiente festivo en la zona. La gente parecía alegre, incluso festiva. Todos parecían estar hablando de la próxima llegada del Mesías. La mayoría de estas personas lo habían escuchado hablar; algunos afirmaron haberlo visto realizar milagros.

Había otros que acababan de salir para ver qué estaba causando toda la conmoción. Algunos escucharon con curiosidad, otros aparentemente no estaban convencidos y la mayoría se alejó después de unos minutos.

Mientras miraba a las diferentes personas que se habían reunido, Tom se dio cuenta de la tercera categoría de personas en el área. Había unos ocho hombres reunidos solos. Su apariencia era muy diferente. Vestían ropas elegantes y parecían estar mejor arregladas; se mantuvieron firmes con lo que Tom solo pudo describir como arrogancia. Escucharon lo que se dijo pero no comentaron. La mayoría de las personas presentes parecían evitarlos.

Tom solo podía asumir que estos eran los Maestros de la Ley. Tom sabía que estos hombres ya habían estado planeando que mataran a Jesús.

Durante la siguiente media hora, la multitud se duplicó y la emoción creció. Comenzó a correr la voz de que el Maestro casi estaba allí. Iba montado en un burro y estaría allí en unos minutos.

Catherine miró a Paul, sus ojos se veían vidriosos y parecía inestable sobre sus pies. Ella lo tomó del brazo y lo condujo hasta el tocón de un árbol pequeño; lentamente lo bajó hasta que el muñón soportara la mayor parte de su peso. El pequeño muñón irregular debe estar clavándose en sus nalgas, pero al menos no se desmayaría. Ella esperaba que él no estuviera tan drogado por los analgésicos como para que no recordara este evento. Tom se había movido para unirse a él, y ella podía decir que estaba emocionado por lo que iba a suceder.

Catherine recordó cuando estaba en la universidad. Había asistido a un acto de campaña para el futuro presidente Bush. Recordó lo impresionante que fue ver en persona a un hombre que probablemente se convertiría en el presidente de los Estados Unidos. Cuando vio la emoción de Tom, se dio cuenta de que estaba a punto de ver a un hombre que creía que era Dios.

Mientras consideraba esto, se dio cuenta de que la multitud se animaba más. Había un contingente que venía por el camino hacia ellos. Había varios hombres en el camino y detrás de ellos había otra figura sentada en un burro.

Catherine estaba casi tan emocionada como Tom. Aquí estaba una de las personas más famosas de toda la historia, si no la más famosa. Él era un jugador fundamental en la sociedad a la que ella dedicó el trabajo de toda su vida para estudiar, y él venía por el camino y pasaba directamente frente a ella. Verificó para asegurarse de que sus prendas fueran rectas, que ningún doblez ocultara las cámaras de ojales que estaban grabando este evento.

Cuando se acercó, vio a personas que colocaban ramas de palma, que habían recogido recientemente, en el camino frente al burro. Jesús sonrió a la multitud y de vez en cuando se detenía brevemente para hablar con una persona u otra. Catherine estaba fascinada por la mirada amorosa en su rostro mientras hablaba con la gente.

Se dio cuenta de que alguien le tocaba el brazo y miró a Paul. Él se había puesto de pie y la estaba usando como apoyo, pero también estaba estudiando la figura que se acercaba.

Por su parte, Tom miraba con la boca entreabierta. Esto no era lo que esperaba. Toda su vida tuvo una imagen en su mente de cómo se veía Jesús y no fue así. No se parecía en nada a la foto de la pared de su oficina. Jesús tenía rasgos más oscuros del Medio Oriente y cabello negro. Ciertamente no la apariencia anglosajona que esperaba. Medía cerca de un metro ochenta y sus ojos tenían una intensidad que no podía explicar. Tenía una contextura mediana y pesaba alrededor de 76 kilos. Aparte de eso, no se notó mucho. Tenía un aspecto algo corriente.

Cuando se aproximó y estuvo directamente frente a ellos, Jesús detuvo nuevamente al animal. Sin embargo, esta vez desmontó sin problemas. Mientras lo hacía, levantó una mano y los que estaban con él se apartaron.

Miró directamente a los tres extranjeros y se acercó. Tom inmediatamente se arrodilló. Paul sintió que sus piernas comenzaban a debilitarse, su corazón latía con fuerza.

El Maestro se detuvo a pocos centímetros de ellos. Mirándolos, dijo en voz baja, usando un inglés perfecto y claro: "No perteneces aquí. No debes interferir".

Mientras hablaba, extendió la mano y la puso sobre el hombro de Paul. La sensación fue inmediata, la niebla que rodeaba la mente de Paul se aclaró instantáneamente, todo rastro de narcóticos desapareció. Al mismo tiempo, Paul sintió que algo se movía dentro de su brazo dañado y el dolor desapareció de inmediato.

Respondiendo a las palabras de Cristo, Tom respondió en latín: "No interferiremos, Señor Jesús".

Con eso, Jesús sonrió y miró al creyente arrodillado y colocó una mano reconfortante sobre su hombro.

—Deja de dudar y cree, le dijo a Paul.

Luego se dio la vuelta y volvió a montar el burro.

Mientras avanzaba, Tom se puso de pie lentamente. Estuvo brevemente inestable, con una expresión de sorpresa en su rostro. Se volvió hacia los demás y dijo: "Nos habló. Él me tocó; ¡realmente me tocó! ¡El Señor me tocó!"

—Lo sé Tom, ya lo sé, —respondió Catherine, tratando de calmar la emoción de Tom. "Oímos y vimos. Lo que quiero saber es cómo supo que no somos de por aquí. ¿Qué quiso decir con que no debes interferir? Después de un momento de pausa, se le ocurrió el detalle más sorprendente. "¡Hablaba inglés! ¿Cómo es eso posible? ¿Cómo lo sabría él también, incluso si hubiera podido?"

Tom estaba a punto de responder cuando fue interrumpido. Paul se adelantó y puso una mano en la espalda de Tom. "Tom, ¿viste? Él también me tocó".

Tom miró a Paul y respondió: "¿Lo hizo? Eso es genial."

—No lo entiendes, —dijo Paul, y sacó el otro brazo de debajo de la capa. "¡Mira! ¡Cuando me tocó, mi muñeca se curó!" Rápidamente desenvolvió el material que sujetaba la tablilla y dejó que la madera cayera al suelo. Cerró el puño varias veces y giró la muñeca en ambas direcciones.

Catherine había estado escuchando y observando mientras el hombre del burro continuaba por el camino. Ahora se dio la vuelta y miró fijamente el brazo de Paul. La muñeca y el antebrazo que se habían fracturado, hinchado y torcido ahora tenían un aspecto completamente saludable.

—¿Hay algún dolor? —preguntó Catherine.

—Ninguno, tan pronto como me tocó, se curó.

—Estabas débil por la medicación para el dolor, —añadió Tom. "¿Eso también es mejor?"

—Sí, también se aclaró al mismo tiempo que el dolor.

Tom sonrió y dijo: "Verás, no es solo un predicador maravilloso y una figura histórica".

—De repente pienso que podría perder la apuesta, —dijo Paul.

—Lo sabía desde el principio, —respondió Tom.

—Sí, supongo que lo hiciste.

Mientras hablaban del evento milagroso, se dieron cuenta de que había gente en el área mirándolos. Algunos los señalaban, otros hablaban entre ellos, pero estaba claro que el trío era el tema de conversación.

Después de unos incómodos segundos, un joven de unos veinte años se les acercó. Estaba claro que él era el portavoz no oficial de los lugareños. —El maestro se detuvo y te habló, —dijo en arameo.

Paul respondió: "Sí, lo hizo".

—Nos preguntábamos por qué se detuvo a hablar contigo. Ustedes son claramente extraños aquí, pero él los destacó. ¿Por qué?

Paul estaba esforzándose; este hombre estaba hablando demasiado rápido para que él pudiera descifrarlo. Lo estaba pensando detenidamente y estaba razonablemente seguro de que sabía cuál había sido la pregunta cuando Catherine habló.

—Mi amigo aquí es del norte; su discurso no es bueno. Su brazo resultó herido en una caída el día de hoy. El Maestro debe haberlo sabido. Tocó a mi amigo y su brazo se curó.

—¿Es esta la verdad? —preguntó el hombre. Sus ojos muy abiertos no ocultaban su sorpresa.

Mientras hablaban, Paul expuso su brazo para mostrárselo al hombre. Mientras lo hacía, se sintió un poco tonto. No había marcas ni ninguna otra evidencia de lo que había sucedido.

—Sí, es la verdad, comenzó Catherine, pero otra voz la interrumpió.

—Es la verdad, —dijo una voz femenina familiar. "Estaban caminando por el camino con nosotros antes; tropezó con una rueda que se había desprendido de un carro. Cuando se cayó, la muñeca se rompió, yo mismo vi la desfiguración".

El hombre miró la muñeca de Paul. —Entonces, lo que dicen de él es cierto, —dijo después de varios segundos de consideración.

—Sí, —dijo Tom, —es verdad.

Las conversaciones continuaron por un tiempo antes de que la multitud finalmente se disolviera.

Cuando el último de ellos comenzó a avanzar, el trío notó que los Maestros de la Ley también habían avanzado.

Capítulo Treinta Y Cinco

SIGUIENDO DE LEJOS, EL TRÍO ATRAVESÓ LAS PUERTAS DE LA ciudad y entró en Jerusalén. Su prioridad había sido encontrar un lugar para quedarse, pero con su objetivo a la vista, también querían permanecer cerca de él.

Catherine y Paul tenían especial curiosidad. Incluso el breve intercambio que su grupo había tenido con Jesús había sido suficiente para convencerlos de que había algo más de lo que esperaban sucediendo aquí. Ninguno de los dos estaba dispuesto a cambiar su postura sobre la religión todavía, pero ambos sabían que al final de esta aventura eso podría cambiar.

Había muchos comerciantes y vendedores ambulantes a lo largo de la carretera principal. Varios vendían ropa blanca, otros vegetales y algunos tenían alimentos preparados. Había animales disponibles para la venta y un vendedor específico estaba tratando de vender una serpiente a una pareja joven. La zona estaba llena de olores diferentes. Podían oler carne cocinada, humo y desechos animales al mismo tiempo.

El grupo siguió mientras el grupo de Jesús se dirigía hacia el templo, que era la estructura principal en esta área de la ciudad.

—Según las Escrituras, comenzó Tom. "Jesús pasará la noche fuera de la ciudad. Irá al templo por la mañana. Él echará a todos los comerciantes que se establezcan allí y los castigará por hacer negocios en la casa de Dios. Creo que podemos escabullirnos y encontrar un lugar donde quedarnos. Podemos ponernos al día con él más tarde".

—Me parece un buen plan, —añadió Paul.

Cuando se separaron, Paul se sorprendió de lo dispuesto que había estado a aceptar que lo que las Escrituras habían dicho, era lo que iba a suceder.

Mientras caminaban, Catherine estudió cuidadosamente a la multitud. Estaba buscando a la persona adecuada y, después de varios minutos, la vio. Ella era una adolescente que vendía hierbas en una canasta. Los otros dos esperaron al alcance del oído mientras Catherine se acercaba lentamente. "Somos visitantes de la ciudad y buscamos un lugar para pasar unas noches. ¿Conoce algún lugar que pueda tener espacio?

La niña respondió: "El padre de mi amigo alquila habitaciones. Si sube por esta carretera y gira a la izquierda, después de un rato, pasará por el gran teatro. Pasando allí, verá un letrero que dice que hay habitaciones para alquilar. Gire allí, y es el tercer edificio a la derecha". Mientras hablaba, señaló la calle principal.

Catherine agradeció a la niña y miró a los hombres. "¿Seguiste lo que se dijo?"

Ambos asintieron y el trío comenzó a caminar.

—Vamos a subir a la Ciudad Alta si recuerdo los mapas correctamente, —explicó Catherine.

Resultó ser una caminata más larga de lo que esperaban. Después de quince minutos, estaban en las profundidades de la ciudad y podían ver el teatro más adelante. A la izquierda había una tienda que vendía pieles de animales, y al pasarla había un camino estrecho. Al pasar, dos hombres salieron de un callejón y se les acercaron casualmente. Ambos vestían capas y tenían una pulcra barba. Uno era bastante bajo y parecía estar mirando a ambos lados de la calle mientras el otro se concentraba en el trío. No parecían amenazadores, solo muy ordinarios.

Con voz amistosa, el más alto de los dos dijo en arameo: "Saludos amigos. ¿Podríamos tomarnos un minuto de su tiempo? Nos gustaría discutir algo".

Tom y Paul estaban determinando rápidamente el significado de lo que escucharon y estaban a punto de responder cuando Catherine habló. "Lo siento, pero llegamos tarde para encontrarnos con alguien. Quizás más tarde."

Catherine no quería meterse en una situación en la que las limitadas habilidades lingüísticas de los hombres fueran evidentes. Además, asumió que eran comerciantes que buscaban venderles algo. Sin embargo, el recién llegado resolvió ese problema. En un inglés con un ligero acento, el hombre alto volvió a hablar. Su mirada se movió entre Tom y Paul. "Sres. Kingsman? Necesitamos que nos siga, por favor".

El trío se quedó inmóvil. Tom sintió que su corazón se aceleraba. Ninguno supo responder.

Ahora habló el más bajo de los recién llegados. "Por aquí por favor." Señaló hacia el callejón estrecho y comenzó a moverse en esa dirección.

Los otros permanecieron en su lugar, hasta que Paul dijo: "Síganlo". Ellos lo siguieron de mala gana. Mientras avanzaban por el callejón, la mano de Paul envolvió la empuñadura de la pistola Taser, que aún mantenía oculta. Miró a Tom y Catherine. Su mano parecía estar en un lugar similar debajo de su prenda, pero las manos de Tom estaban vacías y a los lados.

Recorrieron unos veinte metros por el callejón y se detuvieron. No parecía haber nadie más alrededor.

—¿Asumo que eres Paul Kingsman, Thomas Wallace? —dijo el más corto.

—Y Catherine Collins, —agregó Tom.

Inmediatamente los dos hombres se miraron y parecieron confundidos.

—¿Qué? ¿Quién es Catherine Collins? Esta pregunta fue rápidamente interrumpida por el más alto de los dos.

—Disculpe nuestro error. Solo un malentendido. Mientras hablaba esto, miró a su compañero, quien inmediatamente se quedó en silencio.

Tom habló: "¿Quién eres tú? ¿Cómo hablas inglés?"

—Lo siento. No podremos responder la mayoría de sus preguntas. Lo que te diremos es que somos como tú. Desde el futuro. Mientras hablaba, se subió la manga izquierda revelando un dispositivo de aspecto futurista. Era una pulsera ancha con lecturas numéricas y muchas luces indicadoras pequeñas. Parecía tener aproximadamente media pulgada de grosor y tres pulgadas de ancho.

—¿Qué es eso? —preguntó Paul con una voz llena de confusión.

—Lo que es, es mucho más liviano que esas mochilas Pack2 que estás usando. Hizo una pausa sonriendo.

—¿Qué es un Pack2? —preguntó Paul.

—Así es como se denominará eventualmente el modelo de mochila que se usó en este viaje en el que se encuentra. El hombre alto hizo una pausa y luego continuó. "No puedo decirte qué tan lejos en el futuro somos, pero es significativamente más lejos que tu tiempo".

—¿Por qué estás aquí? —preguntó Tom.

—Estamos aquí para detenerte.

—¿Detenernos de hacer qué? Paul respondió sintiendo que su agarre se apretaba sobre el Taser.

—Tenemos que evitar que se quede en la pensión a la que se dirigía.

—¿Eso es todo? ¿Por qué? —preguntó Catherine.

—Aún no comprendes lo peligroso que es estar aquí. Ya ha cambiado cosas aquí que tendrán un impacto permanente en todo el tiempo. Afortunadamente, ninguna de las personas que fueron cambiadas es fundamental para el resultado de eventos importantes. Sin embargo, si te quedas en esa casa de huéspedes esta noche, sucederá algo que provocará un cambio en la línea de tiempo que alterará en gran medida el futuro.

—¿Qué hacemos si nos quedamos allí y cómo lo sabes? — pregunta Tom.

—No podemos responder específicamente a sus preguntas. Todo lo que podemos decir es que su interferencia resultará en que nazca alguien que no debería nacer. Su descendiente liderará una revuelta en el futuro, asumirá el liderazgo de una nación y cambiará por completo la dirección política de esa nación. Se crean y destruyen millones de vidas. Todo porque te quedas en esa pensión, —explicó el más bajo de los dos. Hablando por primera vez desde que su compañero lo interrumpió. Mientras hablaba, continuó mirando inquisitivamente a Catherine.

Durante varios segundos nadie habló. Se miraron nerviosamente el uno al otro.

Finalmente, Paul preguntó. "¿Hay algún lugar mejor para que nos quedemos?"

—Lo hemos arreglado para ti. Al final de este callejón hay una habitación a la izquierda. Lo hemos alquilado por una semana. Allí también hay comida. Eso debería reducir la necesidad de interactuar con los lugareños. Es más aislado y debería darte algo de privacidad.

—Gracias, supongo, —dijo Paul.

—¿Tiene algún otro consejo? —preguntó Tom.

—¿Trajiste dinero de tu tiempo? —preguntó el más alto de los dos.

—Trajimos réplicas de monedas de este período, — explicó Catherine.

—Déjame verlos.

Todos sacaron las monedas de un bolsillo interior de sus prendas y se las entregaron.

—Estos no son tan malos. Es muy probable que nadie

sospechara. Toma estos en su lugar. Ellos son reales. Mientras decía esto, entregó una sola bolsa. Pesaba alrededor de un kilo y estaba atado en la parte superior.

—Solo tenga en cuenta que incluso las acciones más inocentes aquí podrían tener graves consecuencias. Ten cuidado; no queremos que nos envíen de regreso". Esta última declaración la dijo con una sonrisa.

—¿Enviado de regreso desde dónde? Paul cuestionó.

—Para nosotros, usted desarrolló esta tecnología hace muchos años. A lo largo de las décadas, se usó con frecuencia, incluso después de que creáramos pautas estrictas. Rápidamente se hizo evidente que era necesario un método para detectar los cambios realizados en el pasado y prevenir los que presentaban problemas importantes. Se establecieron protocolos y se formó nuestro grupo.

—¿Puede decirnos qué más hemos hecho y qué causó? — preguntó Tom.

—Lo siento, no podemos hacer eso. Tenemos protocolos estrictos.

Su compañero dijo: "Debemos irnos ahora", nada más se dijo, y al unísono, metieron la mano debajo de las mangas y sin volver a revelar la banda, activaron el dispositivo y desaparecieron.

Capítulo Treinta Y Seis

Los tres se quedaron mirándose antes de que Tom finalmente hablara. "Supongo que deberíamos revisar nuestra habitación". Condujo a los demás por el callejón.

Mientras caminaban, Paul pensó en lo que acababa de suceder. Tenía sentido que si en su tiempo tuvieran esta tecnología, también existiría en el futuro. Por lo tanto, era imposible saber cuántas personas del futuro podrían estar observando estos importantes eventos históricos. También le hizo sentir muy incómodo. En las ocho horas que tenían aquí, ya habían logrado interferir con eventos futuros. También estaba confundido en cuanto a cómo quedarse en esa pensión podría hacer que naciera alguien que no debería. No podía creer que mientras estuviera allí, él o Tom dejarían embarazada a alguien. Todo fue extraño.

Al final del callejón había un pasaje muy estrecho que conducía a una habitación en forma de rectángulo. Entre el callejón y la habitación había una pequeña zona excavada en las rocas con los restos de un fuego para cocinar.

La habitación tenía unos seis metros de profundidad y tres de ancho. También había una cortina que servía de puerta. Había tres colchonetas enrolladas y algunas mantas.

También había una canasta que contenía varias hogazas de pan, varias verduras y frutas, y algunas carnes ahumadas y pescados. Junto a la canasta había dos cántaros de agua y un montón de leña seca. Lo único que había en la habitación eran un par de taburetes de madera que no coincidían y una mesa pequeña.

Tom salió de la habitación y regresó al callejón. Después de un minuto, regresó. "No creo que haya nadie alrededor. Creo que podemos hablar libremente".

—Bien, quitemos estas mochilas y descansemos un rato, mis hombros me están matando, —respondió Paul.

Trabajando juntos, establecieron la seguridad en el dispositivo de autodestrucción de los paquetes y se ayudaron mutuamente a quitarlos. Inspeccionaron los tres paquetes en busca de daños y ejecutaron los diagnósticos incorporados. Hasta ahora, todo estaba en perfecto estado de funcionamiento. Los tres paquetes se colocaron en la esquina trasera y se cubrieron con una manta. Tom apoyó las tres colchonetas contra ellos. Si alguien entrara a la habitación, con suerte, no notarían nada fuera de lugar.

Los chicos se sentaron en los taburetes y Catherine se sentó en la mesa. Pasaron una botella de plástico con agua que habían traído. Lo volverían a llenar con las jarras de la habitación más tarde. Antes de hacer eso, primero colocarían algunas tabletas de purificación para matar cualquier parásito que pudiera estar viviendo allí.

Tom habló primero. "Bueno, me sentía bien con nuestro progreso, hasta que nos encontramos con esos dos".

Catherine asintió, "Me hicieron sentir incómoda. El bajito seguía mirándome, y actuaban como si fuéramos imprudentes. Las cosas que afirmaban no tenían mucho sentido. ¿Cómo sabrían cómo un cambio por nuestra parte había marcado la diferencia unos cientos de años en el futuro?"

Paul estuvo de acuerdo: "Estoy de acuerdo, pero nos recuerda lo cuidadosos que debemos ser".

—No entiendo cómo nos conocerían a los dos, pero estarían confundidos acerca de Catherine, —agregó Tom.

—Algo en eso parecía estar mal. Sentí que, históricamente, no debería estar aquí, coincidió.

—Lo sé. Hay mucho más en eso, y no me siento cómodo sin saber qué es, —dijo Tom.

Después de una larga pausa, Paul agregó: "Una cosa es buena en conocerlos. Esta habitación es perfecta para nosotros. Nos brinda la privacidad que necesitamos y está cerca del centro de la ciudad".

Continuaron discutiendo su situación actual y trabajaron en modificar sus planes. Mientras hablaban, pasaron una de las hogazas de pan, partieron un poco y se lo comieron. Tom no pudo evitar pensar en cuando Jesús había alimentado a más de cinco mil personas con tres panes y algunos peces. Aparentemente, Dios no estaba tratando de impresionarlos con ese movimiento nuevamente porque en solo unos minutos se había ido todo el pan.

Lo último que revisaron fue su equipo de grabación. El equipo revisó parte de lo que se había registrado y encontró que la calidad era aceptable.

Se estaba haciendo tarde y sabían que Jesús pasaría la noche en la ciudad de Betania, que no estaba lejos de Jerusalén. Decidieron explorar un poco. Todavía era lo suficientemente ligero como para que sus cámaras grabaran bien.

Después de descansar unos treinta minutos, subieron sus mochilas y las armaron de nuevo. Todos querían dejarlos aquí y no tener que cargarlos, pero el riesgo de que alguien los encontrara era demasiado alto.

Se adentraron más en la ciudad, haciendo un esfuerzo específico por acercarse a algunos de los edificios de lujo y registrar la arquitectura.

Si bien la apuesta era su primera prioridad, la oportunidad de estudiar y traer documentación sobre este período de tiempo era algo que todos coincidieron en que también era de gran valor.

Después de caminar durante varias horas, regresaron a su habitación y se durmieron.

Estuvieron de acuerdo en que por la mañana irían al templo y verían si podían alcanzar a Jesús allí. Todos querían escucharlo hablar y ver cómo le respondía la multitud. Sabían que llegaría y echaría a todos los vendedores que se habían instalado más allá del patio exterior y dentro del área sagrada del Templo.

También planearon pasar algún tiempo viajando a algunas de las partes más conocidas de la ciudad y sus alrededores y grabar en video lo que pudieran. Verían algunos de los lugares clave donde Jesús estaría durante la semana. Si se separaban de él, no querían perderse un hecho histórico crítico porque no podían encontrar un lugar específico.

Capítulo Treinta Y Siete

Sara y su esposo Ran solo habían estado casados un poco más de un mes y esperaban con ansias la semana que iban a pasar en Jerusalén.

El padre de Ran era dueño de varios viñedos y cuatro granjas, a unas treinta millas de la ciudad. Todo lo cual fue bastante rentable y muy respetado, al igual que su padre, que era un anciano en la comunidad. Ran trabajó duro para su padre y algún día heredaría sus propiedades. Esto le permitiría brindar lo mejor para la familia que planeaban tener.

Habían viajado a la ciudad para asistir a la boda de un amigo con el que habían crecido. Sin embargo, el viaje había durado más de lo esperado. Habían planeado llegar alrededor del mediodía, pero estaba oscureciendo y había pasado la hora de la cena. Los dos caminaron guiando a su burro que llevaba sus maletas. Durante el viaje, se habían turnado para montar al animal para descansar los pies.

Su amigo les había recomendado un lugar para pasar la noche, y ahora les preocupaba que a esa hora tan avanzada no quedaran habitaciones.

Pasaron por delante del teatro y pronto vieron un letrero

que ofrecía espacio para alquilar, tal como habían oído que harían.

Se volvieron y pronto vieron la casa de huéspedes delante.

Al entrar, vieron al gerente, quien los saludó con una inclinación de cabeza amistosa.

—Discúlpeme señor. ¿Tiene alguna habitación disponible? Ran preguntó.

—Sí. Tengo una disponible. Lo estaba aguantando. La amiga de mi hija me contó acerca de tres viajeros que envió aquí, pero eso fue hace horas y no han aparecido. Es suya si la quiere.

—Genial, nos quedaremos cinco noches, Ran le entregó al hombre seis monedas que aceptó y le preguntó "¿Hay comida disponible? Llegamos más tarde de lo esperado".

—Queda un poco de estofado. Está bastante bien esta noche. Después de poner sus cosas en su habitación, vuelva a bajar. Varios están comiendo y bebiendo en la otra habitación. Pueden unirse a ellos. Les tendré el estofado y un poco de pan, —dijo el gerente.

—También necesitamos un lugar para atar a nuestro burro y algo de comida para él, ¿está disponible?

—Llévelo al interior. Allí hay un pequeño establo. Tendrá que pagar por su alimentación.

Ran le dio al hombre otra moneda y salieron. Sara ayudó a bajar sus maletas del cansado burro gris y lo llevaron al establo donde le dieron el alimento y un poco de agua.

Al regresar a la posada, llevaron sus pertenencias a su habitación. Había una cama vieja contra la pared y una mesa. La habitación no era mucho, pero sería adecuada. No tenían la intención de pasar mucho tiempo despierto aquí.

Regresaron al piso principal y se lavaron las manos antes de dirigirse al comedor. Escucharon mucho ruido allí. Había otras ocho personas, un hombre y una mujer que estaban comiendo solos. Los otros seis eran hombres bastante grandes, ruidosos y bebiendo. Los seis parecían estar pasando un buen rato y saludaron alegremente a los recién llegados.

Había un par de espacios abiertos en una de las mesas y se sentaron. Una mujer baja y rechoncha que vestía un delantal sacó dos cuencos y una pequeña barra de pan. Cada tazón tenía una cuchara y contenía un caldo oscuro y muchas verduras y algo de carne. Olía bien y después del largo viaje fue un espectáculo bienvenido. Ran sintió que su estómago retumbaba al ver la comida.

—Menos mal que llegaste aquí cuando lo hiciste. Esto es lo último, —dijo la mujer.

—Gracias. Se ve delicioso. Sara le dijo.

Cuando la pareja comenzó a comer, uno de los hombres ruidosos se puso de pie y se dirigió hacia la puerta. Obviamente, había estado bebiendo durante un tiempo y estaba algo inestable de pie. Mientras comenzaba a caminar, uno de sus amigos lo empujó en broma por detrás. El hombretón perdió el equilibrio y cayó sobre la mesa donde estaban sentados Sara y Ran comenzando a comer. Cuando golpeó la mesa, la pata delantera se derrumbó y los dos cuencos de estofado salieron volando. Uno de los cuales aterrizó en el regazo de Ran.

Ran estaba cansado y hambriento, y su ira, que casi siempre estaba controlada, explotó. Se puso de pie de un salto y agredió verbalmente al hombre que acababa de arruinar la cena y la ropa.

El hombre corpulento había recuperado el equilibrio y ya estaba molesto por la vergüenza que sintió de que su amigo lo golpeara contra la mesa. Miró al niño escuálido que lo estaba reprendiendo y lo empujó contra la pared.

Ran golpeó la pared con fuerza y su espalda gritó de dolor. Se apartó de la pared moviéndose hacia el hombre más grande y sacando una daga de su cinturón.

—¡No! —gritó Sara, que sabía que Ran no tenía experiencia real en peleas.

El borracho había sacado su propio cuchillo, y cuando la hoja de Ran se hundió en la parte superior del brazo izquierdo de su oponente, clavó la suya en la parte superior izquierda del pecho de Ran. Cuando Ran se derrumbó, Sara lo agarró y lo bajó lentamente al suelo. Para cuando estuvo en el suelo, su piel ya se había vuelto blanca y pálida, y la respiración de Ran era dificultosa.

La laceración del ventrículo izquierdo del corazón de Ran estaba causando que la mayor parte de la sangre que salía de su corazón se vierte en su cavidad torácica, colapsando el pulmón izquierdo. En menos de treinta segundos, Ran estaba muerto.

El asaltante había estado observando a Ran, pero ahora se volvió hacia sus amigos, con una expresión de dolor y miedo en su rostro.

Enfurecida, Sara tomó el cuchillo del pecho de su marido, lo liberó de un tirón y se puso de pie. Con un grito, como la mayoría de ellos nunca antes había escuchado, fué contra la espalda del herido. Este se estrelló contra el suelo y Sara tuvo que saltar fuera del camino para que no aterrizara sobre ella.

Cuando el administrador de la pensión entró corriendo en la habitación, vio a Sara, de nuevo en el suelo sosteniendo a su marido muerto y llorando ferozmente y a uno de sus otros invitados en el suelo retorciéndose de dolor con un cuchillo en la espalda.

La vista lo horrorizó, y luego se enojó porque tendría que lidiar con las autoridades romanas que sin duda llegarían pronto.

Capítulo Treinta Y Ocho

A LA MAÑANA SIGUIENTE, TOM SE DESPERTÓ SINTIÉNDOSE rígido por haber dormido en la dura estera. Mientras se sentaba, se dio cuenta de que la incomodidad en sus hombros por el pesado paquete solo había mejorado mínimamente. Tom se puso de pie lentamente y se estiró, tratando de aliviar algo de la rigidez. Mientras se movía, Paul empezó a despertar. Catherine ya estaba levantada y estirándose.

—Consíguete un poco de ibuprofeno. Debería ayudar, —sugirió.

Después de la medicación y algunos de los alimentos proporcionados, los viajeros del tiempo comenzaron a revisar su equipo y se prepararon para salir. Salieron del callejón y continuaron por la calle principal.

Mientras caminaban, Tom explicó. "Cuando llegemos al templo, hay un patio exterior al que podremos ir. No podremos entrar al templo en sí. Eso está estrictamente prohibido para todos los gentiles. Ni siquiera a los romanos se les permite entrar. Este patio exterior a veces se refería al Atrio de los Gentiles".

—Eso es correcto, —agregó Catherine. "La pena para

alguien que entra al templo real, que no es judío, es la muerte".

Mientras caminaban, notaron que se acercaba una niña. Inmediatamente la reconocieron. Ella era la que les había dado la dirección de una pensión. Sostenía la canasta de hierbas.

—Me alegra ver que no has sufrido ningún daño. ¿Te quedaste en casa de mi amigo? Ella preguntó.

Catherine respondió: "No, terminamos en otro lugar".

Con esa declaración, la niña pareció aliviada.

—¿Por qué, pasó algo? Paul añadió.

—Sí. Me dijeron que algunos viajeros llegaron ayer tarde y ocuparon la última habitación. Uno de ellos terminó peleándose con otro invitado. Lucharon con cuchillos, y uno está muerto, y escuché que el otro probablemente no sobrevivirá. Pensé que podrías ser tú quien estaba involucrado, —explicó el adolescente.

—No, afortunadamente, no estuvimos allí.

—Me alegra que hayas encontrado otro lugar. Con eso, inclinó la cabeza y se fue a seguir intentando vender.

Mientras caminaban, cada uno pensó en lo que había aprendido. Este incidente debe ser lo que los demás les habían contado. Si se hubieran quedado en la otra casa de huéspedes como estaba planeado, esa pelea nunca habría sucedido. Para que los eventos futuros prosiguieran como se suponía, uno o ambos hombres debían morir en esa pelea.

Paul rompió el silencio, preguntando algo que todos habían pensado. "Si tan solo cambiar el lugar donde pasamos la noche puede tener un impacto tan profundo. Me pregunto qué cambió con nuestra batalla con los tres ladrones en el camino cuando llegamos por primera vez. Nuestros futuros amigos dejaron en claro que algo había cambiado".

Tom agregó: "Nunca lo sabremos. ¿Fue que sus vidas cambiaron, o que se suponía que iban a atacar a alguien detrás de nosotros, y no pudieron hacerlo porque los incapacitamos? El solo hecho de tomar sus armas podría haber cambiado varias interacciones futuras que habrían tenido con otros".

Catherine agregó: "Algo tan pequeño como que Paul se tropiece con la rueda del carro podría cambiar algo. ¿Alguien más habría estado más cerca del carro si no hubiéramos estado allí? ¿Habrían tropezado? Si es así, ¿cuáles habrían sido sus lesiones? y ¿cómo podrían haber afectado esas lesiones lo que hicieron o dejaron de hacer?"

Después de un minuto para pensar en esto, dijo Tom. "Todo esto me alegra que tengamos a los muchachos en el futuro asegurándose de que no hagamos ningún cambio importante".

Paul estuvo de acuerdo. "Es cierto, pero creo que todavía tenemos que limitar nuestra interacción con la gente de aquí. Necesitamos ser, en la medida de lo posible, solo observadores".

Después de un minuto, dijo Catherine. "Estoy empezando a pensar que esta tecnología podría ser muy, muy peligrosa".

Sin decir una palabra, los dos hombres se miraron el uno al otro. Ambos pensaban lo mismo.

Mientras se acercaban al templo, había muchas más personas en el área. Al entrar en el patio exterior, vieron a muchos hombres bien vestidos reunidos en grupos que tenían animadas discusiones. Estos hombres parecían ser eruditos. Alrededor del parámetro del patio exterior, habían numerosos vendedores. Muchos de los cuales vendían animales para su uso en sacrificios. En su mayoría eran palomas, pero algunos tenían corderos pequeños. Habían otras mesas donde la gente intercambiaba monedas.

—Hay un impuesto que se paga para entrar al templo; debe pagarse en dinero hebreo. El dinero más común en esta área es el romano. Por un precio elevado, alguien puede venir y cambiar dinero romano por hebreo. No solo los cambistas, sino los sacerdotes a quienes se les paga con este impuesto, ganan mucho dinero con esto, —explicó Catherine.

Al mirar a su alrededor, quedó claro que había tantos vendedores que algunos de ellos se habían instalado más allá del patio exterior e incluso estaban haciendo negocios más allá del templo, más allá de donde a ellos, como gentiles, se les permitía ir.

El trío caminó por el patio asegurándose de que sus dispositivos de grabación estuvieran encendidos. Después de un rato, se movieron contra la pared exterior y esperaron, tratando de no llamar la atención.

Casi una hora después, hubo algo de conmoción y un nuevo grupo entró al patio. Había un hombre al frente y una docena justo detrás de él. Otros veinte más o menos lo siguieron más atrás. A medida que el grupo se acercaba, podían ver que el hombre de enfrente era Jesús. Se movía rápida y claramente con un propósito. Rápidamente atravesó el patio y entró en el área del templo.

Ver a Jesús de nuevo fue casi tan emocionante como la primera vez. Los tres todavía estaban asombrados de ver a una persona históricamente prominente justo frente a ellos.

Casi tan pronto como ingresó al área restringida, hubo gritos, pero desde donde estaban Paul y su equipo, no pudieron escuchar las palabras. Sin embargo, todos habían leído lo que iba a suceder, y sabían que en ese momento estaba regañando a los que habían trasladado sus kioscos a lo que era un lugar sagrado. La actividad se prolongó durante varios minutos, pudieron escuchar voces fuertes y objetos que caían y eran golpeados.

Finalmente, el ruido se calmó y los hombres que habían instalado sus mesas y animales en el templo los sacaron rápidamente y comenzaron a buscar espacio en el patio exterior. No había suficiente espacio para todos y la mayoría tuvo que salir del patio exterior y buscar un lugar para instalarse en otro lugar.

Los viajeros en tres ocasiones deambulaban entre la multitud. Escuchar lo que se dijo y grabar tanto como sea posible. Hubo varias opiniones diferentes presentes entre la gente. Algunos estaban tratando de entender por qué pensaba que tenía derecho a interrumpir el negocio del templo. Algunos estaban complacidos de que hubiera detenido la ofensa que se cometía en el templo y el tercer grupo, parecían ser los que eran sus seguidores y pensaban que iba a ser el nuevo Rey.

Al parecer, muchas personas estaban esperando a que regresara por el patio. Esperaban verlo hacer algo milagroso.

Cuando salió, nada de la ira que escucharon cuando estaba en el templo fue evidente. Se sentó en un banco disponible y la gente casi lo rodeó.

Tom, Catherine y Paul querían escuchar lo que estaba diciendo, pero se quedaron en la parte de atrás. No podían permitirse el lujo de meterse en medio de la multitud y tener a alguien presionando contra ellos y sintiendo el duro metal de sus mochilas.

Desafortunadamente, esto dificultaba la audición. Pero pudieron entender que Jesús estaba hablando del Reino de Dios y dejando atrás vidas pecaminosas. Muchos estaban haciendo preguntas y discutiendo las respuestas de Jesús. Después de aproximadamente media hora de su enseñanza, un hombre con una cojera severa se abrió paso entre el grupo. Habló con Jesús, pero no pudieron oír lo que se decía. Jesús lo tocó, hubo un grito ahogado por parte de la audiencia, y el hombre caminó hacia la parte de atrás, ya no cojeaba sino llorando de alegría. Mucha más gente se abrió paso hacia el frente y Jesús los tocó.

Los tres se habían separado y cada uno estaba tratando de tener una mejor vista de lo que estaba sucediendo en el frente.

Mientras Paul rodeaba la reunión, notó que alguien parecía estar mirándolo. Se movió para tener una mejor vista y sintió que un escalofrío lo recorría.

Se abrió camino hacia Tom, y casualmente lo tomó del brazo y lo condujo hasta donde estaba Catherine.

Se alejaron de las otras personas y Paul dijo: "¿Recuerdas a los dos tipos a los que atacamos ayer?"

Los demás asintieron.

—Uno de ellos está aquí en el patio y me estaba mirando directamente.

Tom respondió: "Hay demasiada gente aquí, no pueden hacer nada ahora".

Los demás estuvieron de acuerdo, pero se quedaron sin saber qué hacer.

Capítulo Treinta Y Nueve

CUANDO JESÚS TERMINÓ DE HABLAR A LA MULTITUD Y DE curar a los enfermos, él y sus discípulos salieron del patio. Mientras lo hacían, mucha gente los siguió. Los tres forasteros se mezclaron con el grupo y lo siguieron. Tan pronto como les fue posible, se separaron, bajaron por un camino lateral y esperaron. Observaron a cualquiera que los siguiera, con la esperanza de que hubieran logrado escabullirse desapercibidos. Cuando se sintieron cómodos de estar solos, regresaron a su habitación. Ya había pasado la mitad del día y necesitaban comer y hacer planes.

Mientras avanzaban por el callejón hacia su habitación, Paul miraba atentamente las paredes. Aproximadamente a las tres cuartas partes del camino a su habitación, Paul vio lo que estaba buscando. Había una piedra suelta en la pared, a unos veinticinco centímetros del suelo.

Sacando un cuchillo de su bolsillo, lo sacó con cuidado. Luego sacó un pequeño dispositivo de su bolsillo y lo encendió. Era del tamaño de una baraja de cartas. Encaja perfectamente en el agujero que acababa de hacer. Luego colocó un poco de tierra suelta a su alrededor y la ocultó.

Tendrían que cambiar las baterías cada veinticuatro horas,

pero este sensor de movimiento de rango bajo los alertaría de que alguien venía por el callejón. Si alguien pasaba frente a él, un pitido comenzaba en la mochila de Paul y aumentaba lentamente de volumen hasta silenciarse. La noche anterior no se habían preocupado demasiado, pero después de ver al hombre mirándolos entre la multitud, llegó el momento de tener más cuidado.

Una vez en la habitación, se ayudaron mutuamente a retirar el embalaje y empezaron a comer la carne ahumada y las frutas.

Tom habló, "¿Alguna idea de qué es esta carne?"

Catherine respondió: "No estoy segura, probablemente una cabra".

—Que agradable. Justo lo que siempre quise comer, —comentó Paul con sarcasmo.

Comieron en silencio durante un par de minutos. Entonces Paul añadió. "¿Crees que deberíamos cambiar nuestros planes ahora que podríamos tener a alguien detrás de nosotros?"

—Podemos permanecer ocultos por un tiempo. Según las escrituras, Jesús regresará y debatirá con los líderes judíos en el templo mañana. No está claro cuánto de esto podría suceder en un área donde podamos observarlo, —explicó Tom. —Después de eso, pasa gran parte de su tiempo enseñando en el templo. Pasado mañana, compartirá la cena pascual con sus discípulos. No podremos observar eso, pero después de eso, irá al Huerto de Getsemaní donde sucederá su arresto. Creo que durante los próximos dos días deberíamos ir a varios de los lugares a los que Él irá. El jardín, la casa del sumo sacerdote, el palacio de Pilato y el lugar de la crucifixión. Cuando las cosas comienzan a suceder, no queremos perdernos algo porque nos perdemos, —dijo Tom.

Después de comer, descansaron varias horas antes de partir nuevamente.

Capítulo Cuarenta

Durante los siguientes días, visitaron muchos de los sitios clave de la zona. Asegurándose de que cuando llegara el momento, ellos supieran dónde tenían que estar. Caminaron por el área donde creían que ocurriría la crucifixión, examinando los lugares donde funcionaría la vista y los ángulos de la cámara tendrían buena luz. Luego se dirigieron al Huerto de Getsemaní, ubicado en la ladera inferior del Monte de los Olivos. Exploraron el área por un tiempo y decidieron que si querían presenciar el arresto de Jesús, tendrían que seguir a su grupo aquí. Era un área enorme y sería imposible replantearla con anticipación.

Mientras discutían esto, Paul fue golpeado por detrás y cayó por un pequeño terraplén.

Tom y Catherine se dieron la vuelta para ver qué sucedía y se encontraron mirando las puntas de las espadas cortas que sostenían dos de los tres hombres que se habían encontrado justo después de llegar en este período de tiempo.

—Necesitamos hablar, —dijo Daniel.

—Ustedes tomaron algo de nuestra propiedad. Esas espadas fueron un regalo para nosotros y ustedes nos las quitaron. Son importantes. Las queremos de vuelta. Tuvimos que robar estas comunes, —agregó Malachi.

—Además, cuéntanos lo que hiciste. Cómo lo hiciste, sea lo que sea, con nosotros.

Tom estaba preocupado por Paul, la última vez que se había caído, el peso y la incomodidad de la mochila le habían hecho aterrizar mal y romperse el brazo. Esta vez bajó por una pequeña colina cubierta de rocas. Aun así, se las arregló para recomponerse lo suficiente para responder.

—No tenemos tus espadas. No las conservamos. Mientras hablaba, su mente estaba pensando. Podría conseguir la pistola Taser, pero era de un solo disparo y recargar el arma. A menos que Catherine actuara al unísono con él, estos tipos matarían a uno de ellos fácilmente, considerando lo cerca que estaban todos.

—¿Qué hiciste con ellas? ¡Díganos, o los matamos aquí mismo! Malachi gritó.

—Las enterramos, cerca de donde nos atacaste.

—Nos llevarás con ellos ahora mismo. O morirás aquí mismo. Se supone que me casaré mañana. Gracias a ustedes tres, ya llegaré tarde, —agregó Malachi.

Hubo un sonido y todos miraron hacia el terraplén. Paul, con el rostro ensangrentado, se acercaba al camino. Había bajado por la ladera de la colina y subía por un lugar diferente al que había bajado. En su mano tenía un cilindro de metal, aproximadamente la mitad del tamaño de un tubo de toalla de papel.

—Tú y tus amigos van a pagar por lo que hicieron. Es posible que nuestro amigo nunca vuelva a caminar debido a su rodilla, —dijo Malachi mientras se volteaba para cubrir a Paul con su espada.

En inglés, Paul llamó a sus amigos. "Cuando llegue a la carretera, retroceda rápidamente".

—¿Qué dijiste? ¿Qué idioma es ese? ¿Qué tienes en la mano? Las preguntas de Malaquías llegaron tan rápido que

Paul no podría haber respondido, incluso si hubiera querido. La confusión de Malachi permitió que Paul se alejara unos dos metros antes de que Malachi se diera cuenta.

—¿Adónde van?" Daniel les gritó a Tom y Catherine mientras retrocedían varios pasos rápidos.

El fuerte chillido de agonía de Malachi, hizo que Daniel girara. Mientras Tom y Catherine continuaban retrocediendo más rápido, la segunda pulverización del spray CS Pepper golpeó a Daniel directamente en la cara, y él estaba en el suelo chillando con su amigo.

Paul había maniobrado para que la suave brisa llegara a su espalda y cuando atacó, soplaba directamente hacia los dos matones.

Tom y Catherine regresaron con Paul, evitando la nube de químicos cáusticos que se disipaba.

Los atacantes seguían rodando por el suelo, llorando, vomitando y tosiendo.

Recogieron las espadas, y Catherine casi gritó, malinterpretando la intención de Paul, cuando se acercó a los hombres caídos con una de las espadas en alto.

—Tom, usa uno de tus iniciadores de fuego y enciende un pequeño fuego. Catherine, ayúdame con su ropa, —instruyó, en inglés.

En solo unos minutos, usaron las afiladas hojas para cortar toda la ropa de los hombres que aún se retorcían y los arrojaron al fuego. Recogieron todas sus otras pertenencias y regresaron por donde habían venido, dejándolos todavía incapacitados, desnudos y sin posesiones. Todos esperaban que esto evitara que fueran un problema durante los próximos días.

Después de viajar un par de cientos de yardas, se detuvieron y se pusieron a trabajar en las lesiones de Paul. Afortunadamente, aparte de una laceración de una pulgada y media en la frente, todo lo que había eran algunos hematomas y abrasiones menores.

Con una botella de agua, le limpiaron la cara y le aplicaron un vendaje estéril con una crema antibiótica en la herida de la cabeza. Luego, Catherine tomó una tira de material que sabiamente había guardado de la ropa que quemaron y la usó para envolver la cabeza de Paul y ocultar el vendaje futurista.

Capítulo Cuarenta Y Uno

DURANTE EL DÍA Y MEDIO SIGUIENTE, EL TRÍO PASÓ LA mayor parte del tiempo en su habitación alquilada. Solo ocasionalmente se aventuraban a buscar provisiones o para aliviar el aburrimiento. El dinero que le quitaron a sus posibles atacantes les permitió comprar más pan, fruta y carne ahumada.

Sabían la línea de tiempo y todos los lugares esenciales que necesitaban visitar. Ya tenían muchas horas de imágenes de audio y video de la gente y la cultura.

Mientras descansaban, volvieron a revisar muchas de las grabaciones y quedaron encantados con la calidad.

Durante el segundo día de su período de tranquilidad, trataron de descansar lo más posible. Sabían que el día y medio siguiente sería frenético.

A medida que se acercaba la noche, empacaron todas sus pertenencias y toda la comida. Sabían que era poco probable que regresaran a esta habitación.

Mientras salían del callejón, Paul recordó recuperar el sensor de movimiento que, afortunadamente, había permanecido en silencio.

Se dirigieron al Huerto de Getsemaní y, al llegar, encontraron una posición en la que podrían ver a cualquiera que se acercara desde la ciudad. Una vez que Jesús y su grupo pasaran, lo seguirían de lejos. Habían querido asegurarse de estar en posición antes de que llegaran Jesús y sus discípulos, por lo que terminaron esperando varias horas.

Pasaron el tiempo acostados boca abajo, mirando hacia el camino desde una colina. Sabían que nadie que pasara vería que estaban allí.

Finalmente, Jesús y sus discípulos se acercaron. Contaron un total de doce hombres en el grupo. Al pasar, los tres observadores bajaron de la colina y los siguieron. Después de unos quince minutos, los doce se detuvieron, y Jesús les habló durante unos minutos y luego él y otros dos continuaron por el camino.

Los viajeros del tiempo aprovecharon esta oportunidad para avanzar y asegurarse de que estaban en una posición en la que podían ver con claridad y, con suerte, escuchar algo de lo que se decía.

Durante la siguiente hora, las cosas estuvieron razonablemente tranquilas, y los nueve restantes se sentaron y descansaron, y finalmente se quedaron dormidos.

Finalmente, Jesús y los otros dos regresaron y encontraron a los nueve durmiendo.

Podían ver a Jesús hablando con el grupo, pero estaban demasiado lejos para escuchar con claridad.

Mientras hablaban, se acercó un gran grupo. Había un hombre enfrente a quien habían visto con Jesús en el camino y en el patio del templo. Detrás de él había algunos hombres con túnicas ornamentadas. Había muchos otros con ellos y directamente detrás estaban cerca de un centenar de soldados. Todos iban armados y la mayoría portaban antorchas o linternas.

Jesús y los discípulos se pusieron de pie y esperaron para enfrentar el contingente que se acercaba.

Tom estaba emocionado de estar aquí viendo esto. Había

escuchado y leído esta historia cerca de cien veces. Comenzando en sus días de escuela dominical y aquí estaba sucediendo, en vivo justo en frente de ellos.

El de enfrente, que todos asumieron que era Judas Iscariote, se acercó a Jesús y lo besó en la mejilla.

Jesús habló brevemente con Judas y luego se dirigió a los hombres detrás de él. Mientras hablaba, todos tropezaron hacia atrás y algunos cayeron al suelo. Se levantaron y dieron un paso hacia adelante, y Jesús volvió a hablar, y ellos volvieron a caer hacia atrás.

La próxima vez que avanzaron, uno de los dos hombres que habían vagado por el sendero con Jesús sacó una espada y golpeó a uno de los hombres de enfrente. Al que golpeó estaba de pie junto a uno de los hombres más lujosamente vestidos. Lo golpeó en un costado de la cabeza, y aunque la herida exacta no era visible, la sangre que fluía sí lo era.

Podían escuchar a Jesús gritarle al hombre de la espada y él inmediatamente la guardó. A continuación, Jesús tocó la herida del herido que estaba de rodillas y dejó de sangrar.

Jesús habló al grupo y lo agarraron. Los soldados le torcieron el brazo por detrás de la espalda, lo ataron con una cuerda y se lo llevaron.

Tom, Paul y Catherine esperaron hasta que todos los demás pasaron su posición y se quedaron atrás. Sabían que iban a la casa del Sumo Sacerdote, pero lo siguieron lo más cerca posible en caso de que sucediera algo interesante que no se hubiera incluido en las Escrituras.

Capítulo Cuarenta Y Dos

Cuando llegaron al patio del sumo sacerdote, la multitud ya se estaba reuniendo. Se había difundido la noticia del arresto de Jesús. Ya había más de cien personas en el patio y estaban llegando más. Hacía frío, y varios fuegos ardían mientras las personas que intentaban mantenerse cálidamente apiñados a su alrededor.

Los tres forasteros intentaron unirse a esas reuniones. Todos estaban hablando y muy emocionados, y rápidamente se dieron cuenta de que estaban comenzando a llamar la atención. Sus habilidades lingüísticas no estaban a la altura de la tarea de una conversación animada rápida. Poco a poco se separaron del grupo y se encontraron tratando de mezclarse en el fondo.

Los tres sabían que en ese momento habría comenzado el interrogatorio de Jesús por parte de los principales sacerdotes y el concilio. Una vez que llegara la mañana, sería entregado a Pilato.

A medida que se acercaba la mañana y comenzaba a amanecer, escucharon el canto de un gallo. Casi de inmediato, un hombre pasó corriendo y salió del patio. Al parecer, estaba molesto por algo. Lo reconocieron como Pedro, que había atacado con la espada en el jardín.

Cuando amaneció, Jesús fue escoltado fuera de la residencia del sumo sacerdote y conducido al Pretorio. El Pretorio era donde se llevaban a cabo los negocios oficiales romanos y también era el palacio donde residía Poncio Pilato, el Prefecto Romano de Judea.

Gran parte de la multitud que se había reunido durante la noche siguió la procesión que se movía escoltando a Jesús. Mientras caminaban, el grupo se animó cada vez más. Algunas personas caminaban entre la gente hablando de todos los problemas que Jesús había estado causando. Creían que lo que había estado diciendo había sido una blasfemia y que merecía la muerte. Pronto, incluso los miembros más dóciles de la asamblea pidieron su ejecución.

Cuando llegaron al Pretorio, ya no había muchos en la multitud que simpatizaran con Jesús. Muchos de los que horas atrás lo habían estado elogiando por los milagros que había realizado, ahora aparentemente habían olvidado todas las cosas asombrosas que había hecho. Al frente de la masa de gente, el Sumo Sacerdote estaba de pie, listo para testificar contra Jesús.

Después de que Jesús estuvo adentro durante unas dos horas, un hombre apareció en el balcón y se dirigió a la multitud. Iba bien vestido, pero no de la misma manera elaborada que habían estado los líderes judíos. Parecía tener una presencia más oficial.

Cuando se dirigió a la multitud, fue en latín en lugar de hebreo o arameo. Habló con los reunidos. Desde la parte de atrás de la gran multitud, era difícil escuchar lo que se decía.

En un momento, desapareció y después de un minuto regresó con Jesús, que ahora tenía una túnica púrpura ornamental y una corona hecha de enredaderas retorcidas con grandes espinas.

Cuando apareció Jesús, la multitud se calló brevemente.

Pudieron escuchar al hombre, que todos asumieron que era Pilato, decir: "Lo estoy sacando, para que sepan que no encuentro culpa en él".

La multitud reunida comenzó a gritar: "¡Crucifícalo, crucifícalo!"

Pilato estaba visiblemente preocupado por la convicción de los reunidos. Trató de hablar con ellos, pero en el fondo de la multitud, los cánticos ahogaron lo que estaba tratando de decir. Tom solo pudo adivinar lo que se decía debido a su conocimiento de las Escrituras. Después de tratar infructuosamente de convencer a los reunidos de que se debía permitir que Jesús viviera, Pilato entregó a Jesús a regañadientes para que lo ejecutaran.

Tom, Paul y Catherine se posicionaron para poder ver bien a Jesús. Todos estaban horrorizados por su condición física por el severo abuso que había sufrido.

Se vio obligado a llevar la cruz de la que lo colgarían para su ejecución. Inmediatamente quedó claro que en su condición debilitada no llegaría muy lejos. Se movió lentamente y tropezó varias veces. Los soldados romanos se estaban impacientando con el lento progreso, y finalmente agarraron a un transeúnte y lo obligaron a llevar la cruz.

Hubo comentarios mixtos de la multitud. Muchos parecían sorprendidos de que después de todo lo que Jesús había hecho, los líderes judíos se habían vuelto en su contra. Otros se sintieron decepcionados porque habían creído que se convertiría en su rey. El tercer grupo estaba satisfecho con lo que estaban viendo. Para ellos, era un fraude y un alborotador.

A medida que la procesión se acercaba al Gólgota, se oyó un fuerte golpeteo y gritos que venían de delante. Varios minutos después, al doblar la curva, pudieron ver a los soldados romanos levantando una cruz, similar a la que estaba destinada a Jesús. Ya había un hombre clavado a esta cruz, y asumieron que los gritos provenían de él. Pusieron esta cruz junto a otra que también tenía un hombre colgando de ella. El segundo hombre estaba callado y estoico mientras que el hombre que se colocaba en su lugar lloraba y maldecía.

Con habilidad practicada, los soldados tomaron la cruz, y la colocaron acostada y maltratando a Jesús, que no luchó, lo dejaron caer sobre ella.

Varios de los soldados usaron lanzas para evitar que la multitud se acercara demasiado. Todos parecían querer una buena vista. Incluidos los tres del futuro, que querían una buena grabación de este hecho histórico.

Tom se encontró hirviendo de ira al ver cómo trataban a su Salvador.

Cuando los soldados clavaron las púas y Jesús gritó, los tres se sintieron mal del estómago. Sus vidas del siglo XXI no estaban acostumbradas a prácticas tan bárbaras. La gente de esta época parecía mucho menos impactada por lo que estaban viendo. Muchos de ellos habían sido testigos de actos tan salvajes antes.

Una vez que todos los clavos estuvieron en su lugar, diez soldados trabajaron juntos para levantar la cruz en su lugar.

Catherine dejó a los demás y se acercó más. Asegurándose de que su cámara corporal en miniatura apuntara hacia el hombre condenado en la cruz.

A medida que se acercaba, podía escuchar a uno de los otros condenados burlándose de Jesús. Le estaba instando a que se salvara a sí mismo. El tercer ahorcado lo reprendió, declaró inocente a Jesús y le pidió que se acordara de él en el cielo.

Jesús respondió: "Te digo que hoy estarás conmigo en el paraíso".

Mientras escuchaba, ya podía oír que los hombres estaban luchando. Respirar y hablar eran cada vez más difíciles.

Catherine estaba familiarizada con la crucifixión como forma de ejecución y sabía que la muerte de la víctima era el resultado de asfixia e insuficiencia cardíaca. Estos resultaron de cuando el cuerpo colgaba en esa posición.

Había un letrero colocado encima de Jesús, y aunque Tom y Paul no podían leer las palabras, sabían exactamente lo que decía. "JESÚS DE NAZARET, EL REY DE LOS JUDÍOS"

Pasaron varias horas con muy poco hablar desde la cruz. Finalmente, todos los que quedaron escucharon a Jesús decir claramente: "Dios mío, Dios mío, ¿por qué me has desamparado?"

Tom había sabido que escucharían estas palabras mientras Jesús tenía toda la ira de Dios sobre él.

Sabiendo que se acercaba el final, Tom se acercó tanto como le permitieron los guardias. Solo se detuvo cuando la punta de una lanza fue empujada hacia él, evitando que se acercara más. Dio un pequeño paso hacia atrás, mostrándole al guardia que cumpliría con la orden.

Tom quería estar allí para escuchar las últimas palabras dichas. Pasó más de media hora y luego Jesús habló en voz alta, pero con dificultad. "Padre, en tus manos encomiendo mi espíritu". Después de eso, se desplomó hacia adelante y su lucha por respirar terminó.

Capítulo Cuarenta Y Tres

LA MULTITUD SE HABÍA DADO CUENTA DE QUE ALGO HABÍA sucedido. El trío escuchó algunos de los comentarios.

—¿Está muerto?

—Eso fue más rápido de lo que esperaba.

—Demasiado para que se convierta en rey.

—Esperaba ver un milagro.

Pronto, muchos de los asistentes se alejaron. La mayoría de la multitud no prestó atención a los dos hombres restantes que aún permanecían en sus cruces. Sin duda, Jesús había sido el principal atractivo.

Poco después, cuando la mayoría de la gente se había ido, los soldados rompieron las piernas de los dos hombres que fueron crucificados junto a Jesús. Romper las piernas se hizo para acelerar sus muertes. Con las piernas rotas, ya no podían usar sus piernas para empujar sus cuerpos hacia arriba. Levantarlo les quitaba el estrés del pecho y les permitía respirar. Una vez que se rompieron las piernas, la muerte por asfixia fue mucho más rápida. Estaban dispuestos a romperle las piernas a Jesús pero no se molestaron, una vez notaron que ya estaba muerto. En lugar de eso, uno de los soldados lo golpeó en el lado izquierdo del pecho con una lanza. Un líquido claro y sangre salieron de la herida. Tom notó que la lanza que atravesó a Jesús era la misma que se había usado recientemente para evitar que él mismo se acercara a la Cruz. No estaba seguro de por qué, pero le pareció un poco emocionante.

Cuando se completó la crucifixión, los soldados hicieron señas a dos hombres para que avanzaran. Estos hombres habían estado parados junto a dos mujeres que habían estado llorando activamente durante todo el evento. Estos hombres se adelantaron con una pequeña escalera. Subieron por la parte de atrás de la cruz usando la escalera y tomaron un paño de lino largo y lo pasaron por debajo de las axilas de Jesús y luego por encima de la barra horizontal de la cruz. Mientras uno de ellos sostenía el lino, el otro usó un martillo y golpeó los clavos que sujetaban a Jesús desde la parte posterior de la cruz. Luego usaron suavemente la correa de lino para bajar suavemente el cuerpo de Jesús al suelo.

Las dos mujeres se encontraron con ellos al pie de la cruz y juntas envolvieron cuidadosamente el cuerpo en preparación para el entierro.

Capítulo Cuarenta Y Cuatro

MIENTRAS SE LLEVABAN EL CUERPO DE JESÚS, VARIOS GRUPOS los siguieron. Estaba el puñado de seguidores y amigos que había quedado. También había media docena de soldados, seguidos por algunos de los líderes religiosos, y finalmente, tres personas vestidas de forma sencilla de dos mil años en el futuro.

Paul, Tom y Catherine lo siguieron a cierta distancia. Frecuentemente se detenían para asegurarse de quedarse lo más atrás posible. Por una vez, no estaban tan interesados en estar cerca de la acción como en pasar desapercibidos.

Cuando la procesión finalmente se detuvo en una pequeña abertura en la colina rocosa, continuaron durante unos cincuenta metros, antes de detenerse para observar. Los dos hombres y las dos mujeres metieron el cuerpo por la abertura de la roca. Después de varios minutos, regresaron y retornaron por donde habían venido.

El soldado que parecía estar a cargo entró en la tumba y luego de menos de un minuto regresó, asegurándose que todo estaba en orden. Los dos soldados tomaron posiciones a ambos lados de la abertura mientras los demás trabajaban para colocar una piedra grande en su lugar, para bloquear la entrada por completo. Una vez que la piedra estuvo en su lugar, lo que parecía una cuerda se estiró a través de la piedra y se aseguró a cada lado. Este sello romano oficial mostraría si la tumba era manipulada.

Cuando esto se completó, Paul, Tom y Catherine continuaron por el camino, antes de dejar el sendero y dirigirse al terreno accidentado.

Una vez que estuvieron lo suficientemente lejos como para no ser vistos, el trío se sentó y comió una cena que consistió en estofado de carne deshidratada que calentaron sobre un fuego que comenzaron con una tableta de combustible trioxano. El trioxano es un combustible químico que se quema bastante caliente, no emite humo y no deja cenizas. Lo pidieron en una tienda de camping y senderismo, y cada uno llevaba varias tabletas.

Mientras se sentaban y comían, hablaron del día muy aleccionador.

—Eso fue mucho más bárbaro de lo que esperaba. Casi vomito cuando le estaban metiendo los clavos, —admitió Paul.

—Había estudiado esta cultura y este marco de tiempo durante años, pero eso fue mucho más de lo que esperaba, —agregó Catherine.

Ambos esperaron a Tom, pero él permaneció en silencio. Finalmente, Catherine dijo: "¿Tom?"

—No sé cómo me siento. Verás, para un cristiano, su muerte en la cruz es mi redención. Mi único camino al cielo. Fue la cosa más horrible y maravillosa que he visto en mi vida. Estaba furioso y disgustado por lo que vi, pero también muy agradecido al mismo tiempo, —dijo finalmente Tom.

Se sentaron en silencio y comieron un rato. Entonces Tom dijo con una voz más alegre. "Paul, ¿todavía crees que podrías ganar esta apuesta?"

Paul sonrió y respondió. "Desde que me curó el brazo,

supe que no iba a ganar. Si vemos algo más que él caminando desde la tumba, me sorprenderé".

—Sí, creo que podrías perder a Paul. Sin embargo, todavía no estoy completamente convencida. Quiero ver qué pasa en unos días, —agregó Catherine.

Después de comer y limpiar, esperaron a que oscureciera. Luego avanzaron lentamente, alejándose del camino, hacia la tumba. El trío finalmente se detuvo a unos cien metros de distancia. Trabajaron rápida y silenciosamente, moviendo piedras y apilándolas.

Crearon una posición oculta, donde una persona podía acostarse y observar con pequeños binoculares y una cámara de video con una lente de larga distancia. Luego cubrieron la posición delantera con una red de camuflaje, que se mantuvo en su lugar con rocas. Esto fue lo suficientemente cerca para ver todo lo que sucedió y estar completamente oculto.

Mientras Paul se acomodaba en su posición, Tom y Catherine retrocedieron unos cincuenta metros y establecieron una segunda área. Aquí es donde dos de ellos comerían, dormirían y esperarían su turno para la posición de observación.

Habían decidido que tres horas en la posición delantera y seis comiendo y descansando sería una buena rotación.

Tom desenrolló tres colectores solares. Cada uno, cuando estaba desplegado, era del tamaño de una toalla de mano. Los usarían para cargar algunas de las baterías agotadas de las cámaras de video. Estaban agotando rápidamente el suministro de baterías, y esto ampliaría su capacidad.

Una vez que todos estuvieron listos, Tom y Catherine se ayudaron mutuamente a quitarse las mochilas. Después de más de veinticuatro horas con ellos puestos continuamente, se sintió genial quitárselos. Paul se quedaría con la mochila puesta hasta que le tocara descansar.

Inspeccionaron los paquetes en busca de signos de daños. Revisaron los niveles de la batería, que estaban alrededor del

veintisiete por ciento. El nivel era más bajo de lo que esperaban, pero aun así, suficiente para llevarlos a casa en dos días.
Miraron el panel de diagnóstico y vieron que los doce LED
estaban en verde, lo que indica que no había problemas
mecánicos.

Capítulo Cuarenta Y Cinco

Mientras sus compañeros descansaban, Paul se aseguró de que la grabadora de video funcionara. Hizo funcionar la cámara durante unos minutos y luego se detuvo y comprobó la calidad de la grabación. Estaba muy complacido. Incluso en la poca luz de la noche, la cámara captaba detalles considerables. Pudo distinguir fácilmente la guardia y la piedra que selló la tumba. Incluso pudo ver que el guardia estaba hablando con alguien que acababa de pasar.

Aunque faltaban dos días para la resurrección, registraban constantemente. Si el cuerpo fue robado y no resucitó, debían asegurarse de registrar ese importante evento. Sin embargo, mientras Paul yacía allí, comenzó a pensar que el robo del cuerpo era cada vez más improbable.

Se recordó a sí mismo que toda esta aventura no se trataba de la apuesta, sino de probar y demostrar esta fantástica tecnología. Mientras yacía quieto, con los prismáticos apoyados en una roca, deseó que hubieran podido traer una de las colchonetas para dormir aquí. El suelo era muy rocoso y estar tumbado aquí no era agradable. Este iba a ser un turno largo de tres horas, y tendría varios más durante los próximos dos días.

Dos horas después del primer turno de Paul, un gran grupo de unos veinte hombres se acercó al soldado. Aparentemente hubo una pequeña disputa verbal, y Paul comenzó a preguntarse si estos hombres podrían estar aquí para llevarse el cuerpo. Sin embargo, el enfrentamiento pareció terminar casi tan rápido como comenzó y los hombres regresaron por el camino por el que habían venido.

Continuó tendido en el suelo observando, y su mente vagó. Se permitió considerar algunos eventos preocupantes. Estos pensamientos los había estado haciendo a un lado intencionalmente hasta ahora. Primero, estaba la forma en que los miembros de confianza de su equipo, sin autorización, habían utilizado el proceso de viaje en el tiempo para su beneficio personal. Aún más inquietante fue cómo lograron hacerlo y casi nunca fueron descubiertos. En el futuro, ¿cómo controlarían esto? Igual de angustioso fue darse cuenta de que una simple interacción como pasar la noche en el lugar equivocado podría ser tan devastador para el futuro. Por primera vez, Paul comenzó a dudar de si alguna vez podrían mostrarle al mundo lo que habían desarrollado.

Cuando terminaba su turno, Paul se dio cuenta de que no había sonidos de Tom o Catherine. Supuso que estaban dormidos. Decidió que si no venían a relevarlo, los dejaría dormir una hora más. Estaba exhausto, pero podía aguantar un poco más. Tomó los prismáticos y miró de cerca a los soldados. Estaban solos y no había nadie alrededor.

Cuando los dejó, escuchó un leve ruido y luego sintió la presencia de alguien a su lado. Se deslizó hacia atrás desde el recinto que construyó y fue ayudado por Tom.

Susurrando Tom dijo: "Mi turno. ¿Cualquier cosa interesante?"

—Estabas muy callado; Pensé que aún estabas dormido.

—Ojalá. Eso no fue suficiente descanso. La peor parte fue tener que volver a ponerme este paquete, —dijo Tom.

—Lo creo. Me quitaré la mía y me iré a dormir.

Paul luego describió el enfrentamiento entre los soldados y el grupo una hora antes. Quería que Tom estuviera al tanto en caso de que los hombres regresaran.

Luego, Paul abandonó el punto de observación y se retiró a donde estaba Catherine. Sacó el paquete y comió algunos frutos secos. Después de eso, se durmió rápidamente y no se despertó durante seis horas cuando tuvo que regresar y relevar a Catherine en el puesto de observación.

Capítulo Cuarenta Y Seis

LOS DOS DÍAS Y MEDIO DE OBSERVACIÓN Y ESPERA FUERON monótonos y parecían prolongarse eternamente. La única emoción llegó por la mañana cuando Catherine, que estaba profundamente dormida, se despertó con un perro grande que estaba de pie junto a ella. Casi gritó, pero se contuvo.

—Hola a todos. ¿Eres amistoso? —preguntó en un tono tan tranquilo como pudo. Mientras hablaba, su mano avanzaba hacia la Taser. Casi al mismo tiempo que ella lo rodeó con la mano, el perro se acurrucó y se acostó, apoyado contra su muslo, con la cola golpeando repetidamente el suelo junto a ella. Ella soltó el arma y comenzó a acariciar el grueso pelaje de su cuello. Permaneció con ellos durante el resto de su visita a este período de tiempo. Todos disfrutaron de su compañía, a pesar de que terminó comiendo algo de su comida. No les importaba compartir con él. Tenían suficiente y su presencia era reconfortante. Tom comenzó a llamarlo Quantum, diciendo que necesitaba tener un nombre.

La noche siguiente, a la medianoche, estaban todos despiertos y acostados boca abajo en el puesto de observación de proa. Todos querían poder ver lo que sucedió.

Todos permanecieron inmóviles durante varias horas.

De repente, Quantum comenzó a quejarse y a ponerse ansioso. Catherine le puso una mano y él se calmó de inmediato. Justo después de que comenzó a emocionarse, había dos pequeños puntos de luz directamente frente a la tumba. Rápidamente crecieron en tamaño y tomaron la forma de hombres encapuchados. Brillaban de un blanco brillante y fácilmente medían dos metros de altura o más. Tan pronto como aparecieron, el guardia huyó.

Una vez que estuvieron completamente formados, su resplandor cegador se atenuó considerablemente; sin embargo, todavía irradiaban luz.

Miraron la piedra, y uno de ellos levantó una mano y la barrió de izquierda a derecha, y la piedra rodó sin ser tocada.

Solo uno o dos segundos después de que la piedra desapareció, hubo otra luz cegadora, esta provenía del interior de la tumba. Permaneció durante unos cinco segundos y luego desapareció.

Las dos figuras encapuchadas se quitaron las capuchas y se arrodillaron en el suelo con la cabeza gacha. Menos de un minuto después, alguien salió de la tumba. Estaba claro que era Jesús resucitado. Se acercó a los dos seres angelicales y colocó una mano sobre cada uno, y se pusieron de pie. Les habló durante aproximadamente un minuto. Mientras completaba su discusión, señaló hacia el desierto, directamente en el puesto de observación. Los hombres grandes se volvieron y miraron hacia donde Jesús estaba señalando y luego asintieron con la cabeza. Jesús dijo algunas palabras más, luego se volvió y se alejó.

Los ángeles se transformaron de nuevo en la cálida luz blanca y desaparecieron rápidamente.

Tom, Catherine y Paul continuaron observando la tumba durante varios minutos y luego se retiraron a su lugar de descanso.

—¡Eso fue increíble! Catherine dijo.

—¡Estoy de acuerdo! No sabía qué esperar, ¡pero fue increíble! Paul añadió.

Tom no habló; se quedó pensando en lo que acababa de presenciar.

—Bueno, Tom, debo decir que ciertamente ganó la apuesta, —anunció Catherine.

Tom asintió con el cabeza, aparentemente distraído.

—Tom, ¿hay algún problema? —preguntó Paul.

Finalmente, habló. "Acabamos de presenciar cómo los ángeles poderosos se arrodillaron e inclinaron la cabeza en respeto al Señor. Todo el tiempo los estuvimos espiando. Me siento un poco culpable. Ciertamente estoy asombrado por lo que vimos, pero también se siente mal".

Todos se quedaron en silencio durante casi medio minuto antes de que Tom hablara. "¿Qué crees que significó cuando nos señaló y ellos asintieron?"

Catherine respondió: "No lo sé, pero eso ciertamente me hizo sentir un poco incómodo".

—Sí, seguro que parecía que estaban hablando de nosotros, —comentó Paul.

—Tom, ¿hay algo más que creas que debamos observar antes de regresar? Las baterías de los Sistemas se están agotando, pero podríamos quedarnos medio día más, —preguntó Paul.

—Las mujeres vendrán y encontrarán la tumba vacía, y entonces Jesús les hablará. Luego vendrá Pedro y también verá el sepulcro vacío. Pero creo que hemos hecho lo que vinimos a hacer aquí. Creo que es hora de que regresemos a casa.

Todos estuvieron de acuerdo. Le tomó menos de diez minutos empacar todo su equipo y eliminar todos los signos de haber estado allí.

Los tres ahora llevaban sus mochilas y las inspeccionaron una vez más para asegurarse de que funcionaran.

Catherine se despidió de su gran amigo canino y luego se quedaron juntos.

Paul habló: "En tres, uno, dos y tres".

Todos presionaron el botón empotrado en la parte inferior de la espalda y desaparecieron.

Capítulo Cuarenta Y Siete

En un abrir y cerrar de ojos, Tom y Paul aparecieron en el laboratorio. Hubo un aplauso inmediato de los reunidos. Linda, Michelle y gran parte del personal se apresuraron hacia adelante.

—¿Regresaste? Pero, simplemente te fuiste, —dijo Linda.

Conmocionado, Paul gritó: "¿Dónde está Catherine?"

Tan pronto como salió la pregunta, sintió un dolor intenso en la pantorrilla derecha y miró y se dio cuenta de que Tom lo había pateado con bastante fuerza. Tom lo fulminó con la mirada y negó con la cabeza.

—¿Qué dijiste?" Varias personas preguntaron, sin escuchar bien sobre toda la conmoción.

—¡Paul! ¿Qué le pasó a tu cabeza? Michelle casi gritó.

Al mismo tiempo, Linda preguntaba "¿Lo viste? ¿Viste a Jesús?"

—¡Fácil! Uno a la vez. Tom gritó.

Todos hicieron una pausa y luego quisieron ver qué le pasaba a la cabeza de Paul. La gran laceración estaba cubierta de costras, pero aún era impresionante.

Paul respondió. "Podemos ver eso más tarde. Ocurrió hace cuatro días. El día antes de la crucifixión".

Linda fue la primera en responder. "¿Lo viste? ¿Fuiste testigo de todo?"

—Sí, todo, —dijo Paul. "Te lo explicaremos todo. Solo déjenos quitar este equipo y darnos un minuto para limpiar. Todo lo que diré ahora es que es oficial. Perdí la apuesta".

Linda gritó de alegría y Michelle sonrió y asintió. Puede que no fuera demasiado religiosa, pero no se sorprendió al saber cómo resultó.

El personal del laboratorio finalmente pudo hablar con los emocionados miembros de la familia y ayudar a quitar las mochilas de manera segura y desactivar las cargas de termita.

Los paquetes se conectaron a estaciones de computadoras y se recuperaron los datos. Los hombres entregaron su equipo de grabación de audio y video, las cámaras y las tarjetas SD llenas. En total, estos dispositivos contenían cientos de gigabits de grabaciones. A medida que se entregaron los datos, se etiquetó cada dispositivo de audio y video según su procedencia, y se registró cada tarjeta en el orden en que se realizaron las grabaciones.

Una vez que se ocupó de todo el equipo, Paul se dirigió nuevamente al grupo. "Por favor, permitan nos unos minutos. No nos hemos duchado en casi tres semanas. Linda y Michelle, hagan un pedido de comida para llevar, necesitamos comida". Todos se rieron de esa declaración. Hizo una pausa, miró al personal y continuó. "Nos reuniremos todos en la sala de conferencias en veinte minutos y les contaremos todo y revisaremos algunos de los videos".

Bajaron al sótano e inmediatamente a una de las pequeñas salas de reuniones que estaban al pie de las escaleras.

—Ella se ha ido. ¡Tenemos que recuperarla! Paul dijo rotundamente.

—Cálmate Paul. Necesitamos averiguar qué sucedió y si hay algo que podamos hace, —explicó Tom, mientras se conectaba a una computadora.

—¿Sabías que esto iba a pasar? Lo entendiste tan pronto como llegamos aquí.

—Sospeché que era posible. Basándome en lo que dijeron los dos del futuro y cómo reaccionaron ante ella, temí que esto pudiera suceder. No había nada que pudiéramos hacer allí, así que esperaba estar equivocado, —explicó Tom.

Tom añadió la vista desde la computadora: "Acabo de mirar el directorio de instalaciones de la universidad. Catherine no figura en la lista. Sus cuentas de redes sociales no existen".

Paul simplemente se sentó en una mesa y negó con la cabeza: "Tenemos que hacer algo".

—Primero, no estoy seguro de lo que podemos hacer. En nuestra realidad actual, ella nunca existió. Si volvemos y los advertimos, no tendrá ningún sentido para ellos. Ella nunca existió para ellos. Tampoco, recuerde que esto no es urgente. Podemos corregir esto en cualquier momento, si es posible. Necesitamos tiempo para pensar. Vamos a limpiarnos y volver arriba y mostrarles a todos lo que aprendimos. Trata de no dejar ver que algo anda mal.

Salieron de la habitación y se dirigieron al gimnasio y a los vestuarios que estaban a disposición de todo el personal antes y después del trabajo y durante el almuerzo.

Desde allí, cada uno tomó una bolsa de lona de un casillero y se dirigió a las duchas.

La ropa sucia, apestosa y, en algunos casos, ensangrentada se desprendió y fue a parar a las bolsas de basura que estaban en sus bolsas de lona. Michelle había sugerido conservarlos porque una exhibición de artefactos de su primera aventura real en un viaje en el tiempo podría ser interesante.

El agua caliente se sintió increíble, y el champú en el cabello fue una sensación casi igual de bienvenida.

Cuando terminaron, la ropa limpia y el desodorante fueron un cambio bienvenido de lo que habían usado durante la mayor parte de la última semana.

Capítulo Cuarenta Y Ocho

Habían pasado casi veinte minutos cuando los tres entraron en la sala de conferencias, y pasarían otros quince antes de que llegaran las doce pizzas. Hubo mucha conversación animada cuando llegaron.

Michelle fue la primera en hablar con ellos. "Paul, creo que olvidaste algo", se rieron todos. Todos vieron la cara de Tom, limpiamente afeitada por primera vez en muchos meses, y la de Paul, que todavía tenía una barba larga y salvaje.

—Estaba pensando en conservarlo.

—No si vienes a casa conmigo, —agregó Michelle.

Esto generó más risas en el grupo.

Cuando Paul trajo la computadora portátil y el primer video, todos se quedaron en silencio.

—Este metraje es muy crudo. Cuando lo limpiemos, tendremos una muestra más detallada, pero por ahora, solo mostraremos algunos aspectos destacados. Estas imágenes son de la cámara corporal que estaba usando, —explicó Paul.

La escena comenzó cuando llegaron por primera vez.

Tom comenzó a hablar sobre la cultura y cómo eran las cosas cuando llegaron.

Avanzaron el video. Repasando el primer ataque y cómo

se había roto el brazo a Paul. Estos dos temas provocaron bastante discusión. Gran parte del video de ambos eventos estaba un poco distorsionado, debido a todo el movimiento de las cámaras corporales.

Tom explicó que cuando vean ambos conjuntos de video, podían editar algo mucho mejor.

A continuación, Paul se adelantó a cuando Jesús se les acercó.

Ver a Jesús en el video fue increíble, y cuando les habló en inglés, todos se quedaron sin aliento. Mientras se alejaba y Paul exclamó que su brazo había sido curado, todos estaban de pie mirando la pantalla.

Paul detuvo el video y dejó que continuaran las muchas discusiones en la sala. Sabiendo lo asombrado que se había sentido y aún se sentía al verlo de nuevo, entendió la necesidad de que el grupo hablara de esto.

Después de unos minutos, dijo Paul. "Todos nos estamos cansando un poco y hay trabajo por hacer. Voy a avanzar a la parte más emocionante".

Paul volvió a cambiar las tarjetas SD e insertó la de la cámara de video que usaron en la tumba. Reenvió el video y se detuvo para darles a todos algunos antecedentes sobre dónde estaban y cuánto tiempo habían estado esperando.

La imagen comenzó a moverse y la tumba era bastante visible a pesar de que era de noche. Después de aproximadamente un minuto, todos pudieron escuchar el sonido de un perro lloriqueando y emocionado. Luego, el video se volvió completamente blanco. Todas las imágenes y el sonido habían desaparecido, pero según la computadora, aún quedaban varios minutos. Esperaron, esperando que la imagen volviera, pero nunca lo hizo.

Paul salió corriendo de la habitación y se dirigió al laboratorio. Con la esperanza de que una de las cámaras corporales hubiera capturado la resurrección.

Mientras estuvo fuera, Tom describió en detalle lo que

había sucedido en la tumba. Fue entonces cuando llegó la comida y todos empezaron a repartir pizza.

Cuando Paul regresó, tenía las tarjetas SD de ambas cámaras corporales. Los puso en la computadora uno a la vez y reprodujo el video viendo la marca de tiempo en la esquina inferior. En cada caso, exactamente al mismo tiempo, el video se volvió blanco y el audio dejó de captar algo.

Capítulo Cuarenta Y Nueve

VARIOS DÍAS DESPUÉS, PAUL Y TOM SE SENTARON JUNTOS A conversar.

—Todavía no lo entiendo. La cámara funciona bien ahora, hemos revisado todas las grabaciones y solo falta ese período de tiempo específico, refunfuñó Paul.

—Primero, ¿cuáles son las posibilidades de que tres cámaras que funcionaron sin problemas durante días y que ahora están bien, fallan todas al mismo tiempo? —preguntó Tom.

—Sería imposible por sí mismos a menos que una fuerza externa actuara sobre ellos, —admitió Paul.

—De esto estaba hablando hace meses cuando dije que me incomodaba un poco tratar de demostrarle al mundo que había ocurrido la Resurrección. Recuerde que dije que una de las partes principales del cristianismo es la fe. Fe en Dios, en Jesús, en su Biblia. Eso significa que se necesita fe en su capacidad para salvar y en su resurrección. Verdaderamente probar todo eso significa que ya no hay necesidad de fe. Si demostráramos la resurrección al mundo, estropearíamos su plan, —explicó Tom.

—Entonces, ¿estás diciendo que Jesús nos impidió registrar la resurrección? —preguntó Paul.

—Eso es lo que creo que sucedió, o eso o lo borraron después. ¿Recuerdas que nos señaló y los ángeles nos vieron?

—No estoy seguro de cómo sentirme al respecto, —admitió Paul.

—Aún cumplimos con nuestra misión principal. Tenemos la información que necesitamos para mostrar un gran avance científico. Para demostrar que podemos retroceder en el tiempo. Además, todos hemos visto la prueba de la resurrección. Para nosotros, ya no hay ninguna duda de eso, —explicó Tom.

—Ese es mi mayor dilema, —dijo Paul. "¿Deberíamos anunciar todo esto? En el poco tiempo que ha existido esta tecnología, hemos visto grandes problemas. Dos personas que conocemos, de nuestro propio equipo, intentaron usarlo para un beneficio personal indebido. Uno está muerto, o al menos atrapado en el pasado. Tuvimos que ser interceptados por personas del futuro para evitar que causáramos un desastre, durmiendo en el lugar equivocado. Eso es algo en lo que todavía no puedo dejar de pensar. También sabemos, por nuestros amigos del futuro, que hubo otros cambios en la vida de los demás, durante miles de años, que no fueron tan importantes como los que introdujimos. Luego, por supuesto, está Catherine. La reclutamos y de alguna manera cambiamos las cosas para que ya no exista. Ella era una de nosotros y de alguna manera borramos accidentalmente su línea familiar".

—¿Estás pensando que esta tecnología debería permanecer en secreto? Tom preguntó.

—Creo que tenemos que pensar mucho sobre a quién le contamos y cuánto.

Se sentaron en silencio durante un rato, decepcionados pero totalmente de acuerdo. El viaje en el tiempo era una tecnología muy deseable y valiosa, pero también extremadamente peligrosa.

Finalmente, Paul consiguió una sonrisa en su rostro. "Soy consciente de una cosa de la que estoy seguro", miró a Tom. "Nos reuniremos con ustedes en la iglesia este domingo".

Capítulo Cincuenta

FUERON DOS MESES DESPUÉS DE LA FANTÁSTICA AVENTURA EN
el tiempo, y Paul y Michelle estaban uno al lado del otro. Paul
estaba agotado por otra noche sin dormir, y Michelle parecía
igual de agotada.

Paul había estado dando vueltas a sus problemas en su
mente, día y noche desde que regresó. ¿Cómo recuperar a
Catherine y cómo evitar que se haga un mal uso de esta asom-
brosa tecnología? Esas preguntas siempre llevaban a otras.
¿Quién puede decir lo que es apropiado? ¿Retroceder en el
tiempo para salvar a la madre de Tom era tan malo como lo
que hicieron Charlie y Bruce?

Bruce. Él había prometido ayudarlo a revertir la muerte de
su esposa, meses atrás y todavía no lo había cumplido. Pero
esa promesa siempre fue secundaria, y ahora que Catherine se
había ido, era aún menor. Sabía que la visita de los dos del
futuro era otro tema importante con el que luchó. Le habían
mostrado el peligro real de poder cambiar la hora sin darse
cuenta. Había una solución, pero era tan radical que no había
estado dispuesto a aceptarla hasta hace poco. Conseguir que
Michelle estuviera de acuerdo tomó aún más tiempo.

Cuando cesó la música, el Pastor se puso de pie y, como de costumbre, concluyó el servicio con una oración.

Cuando todos empezaron a irse, Tom miró a Paul y Michelle. "¿Están bien ustedes dos? Ambos estaban muy callados antes del servicio y parecían distraídos después de que comenzara".

—Sí, estamos bien. Solo tenemos algunas cosas en nuestras mentes, —explicó Paul.

—No hay problema, —agregó Michelle con una sonrisa tranquilizadora que a Tom le pareció forzada.

—¿Ustedes dos quieren unirse a nosotros para almorzar? Vamos por comida china. Solo tenemos que buscar a los niños de sus clases, —preguntó Linda.

—Quizás la próxima vez. Hay algunas cosas de las que debemos ocuparnos hoy, —respondió Michelle.

Después de la breve conversación, Paul y Michelle salieron del santuario y se dirigieron al estacionamiento. Evitaron intencionalmente a algunas de las personas que habían comenzado a conocer en los últimos meses.

Una vez a salvo en la Ford Expedition, Paul dijo: "¿Estás bien?"

Michelle asintió con la cabeza. "Vamos".

Condujeron en silencio sin querer hablar. Después de casi quince minutos, llegaron al Instituto de Investigación Kingsman.

Entraron en el Instituto y pasaron por el vestíbulo. Cuando Paul bajaba de la escalera mecánica, de repente había alguien parado a unos tres metros frente a él. En un momento no había nadie y al siguiente había un hombre allí. Era algo alto y estaba vestido todo de blanco. El dispositivo electrónico era visible rodeando su muñeca derecha.

Paul lo reconoció de inmediato, pero no antes de que la repentina aparición del hombre hiciera que tanto él como Michelle jadearan.

—Sres. Kingsman, Sra. Kingsman. ¿O sigue siendo la Sra. Rogers? dijo el hombre sonriendo a la pareja.

—Michelle Rogers, aclaró Michelle.

—Lo siento. Debería haberme asegurado de tener ese detalle.

—Tenía la sensación de que podríamos vernos. ¿Dónde está tu pareja? —preguntó Paul.

—El protocolo dicta que solo envían a uno de nosotros si no estamos tratando de ocultar quiénes somos. Necesitamos hablar sobre lo que está planeando. Creemos que está creando una desviación de la línea de tiempo original. Algo provocó un cambio que te puso en un camino alternativo.

—Su interacción con nosotros fue lo que me convenció. Tú eres la causa de la desviación. Esto debe hacerse. Las vidas han cambiado para siempre, y muchas más lo harán a lo largo de los años, —explicó Paul.

—Eso es cierto, pero tus acciones alterarán drásticamente tu futuro, mi pasado.

—Estoy evitando que mi invento interrumpa el futuro al eliminarlo de la existencia. Dime, ¿cuántas vidas de personas han cambiado con mi invento, en tu época?

— Miles, —admitió el visitante del futuro.

—Por eso debo hacer esto. Las consecuencias de mi trabajo son demasiado grandes. Necesito detenerlo antes de que suceda.

—Informaré a nuestro comité de sus planes. Ellos decidirán si permitiremos esto, después de decirlo presionó un botón en la banda ancha de su muñeca y desapareció.

Michelle agarró a Paul del brazo. "¿Puede detenernos?"

—Si su gente quiere detenernos, estoy seguro de que pueden hacerlo. En cualquier momento podría regresar. Tal vez con otros y obligarnos a detenernos.

Fueron a la oficina de Paul. Caminó hasta su silla y se sentó. Paul trabajó rápidamente encendiendo las dos computadoras portátiles y entregándole una a Michelle. Confirmaron que todos los archivos necesarios estaban en su lugar. Reunieron algunos otros documentos y fotos, junto con algunos otros artículos que Paul había dejado a un lado el día anterior. Los colocaron en una carpeta y metieron los papeles, las computadoras portátiles y sus cargadores en dos maletines idénticos.

Tomando los casos, fueron al laboratorio. Una vez allí, Paul tomó dos de las voluminosas unidades de mochila y las trasladó al banco de trabajo. Mientras Michelle miraba, conectó las líneas de energía y datos y se puso a trabajar en la computadora. Programó todos los datos sobre fechas y ubicaciones, y los sistemas se pusieron a trabajar calculando las fórmulas.

Mientras el sistema funcionaba, se sentaron juntos tomados de la mano. "Necesito preguntar de nuevo. ¿De verdad que esto seremos nosotros?" Michelle preguntó mientras una lágrima corría por su mejilla.

—Sí, lo hará.

—¿Y estaremos juntos de nuevo?

—Si hacemos esto bien, estaremos juntos, —respondió Paul tratando de consolarla.

Finalmente, la computadora informó que la matriz estaba completa. Paul comprobó las luces indicadoras de las mochilas y vio que todas estaban verdes.

Después de desconectar las líneas eléctricas y de datos de la primera, ayudó a Michelle a ponérsela. A continuación, le entregó un maletín de computadora portátil. La besó y le dijo: "Te amo".

Ella sonrió, cerró los ojos y respiró hondo un par de veces para recomponerse. Su expresión cambió de la tristeza a la determinación concentrada. Apretó el botón y desapareció.

Paul recogió su mochila y pasó los brazos por las correas. Desconectó los cables que iban al paquete y agarró el maletín del portátil.

Mientras esperaba, Paul pensó en cómo, al menos, estaba

a punto de cumplir con su parte de la apuesta, aunque no fuera de la forma que ninguno de ellos había imaginado.

En cuestión de segundos, Michelle reapareció, sin el estuche del portátil, y le asintió brevemente. Él le dedicó una rápida sonrisa, apretó el botón y desapareció.

Estaba en el laboratorio un momento y al siguiente estaba en un apartamento familiar que no había visto en unos veinte años.

La única otra persona en el apartamento se sentó en el sofá y se puso de pie de un salto cuando el hombre de la extraña mochila apareció frente a él.

—¿Qué? ¿Quién eres tú? ¿Cómo hiciste eso? espetó.

Paul sonrió y miró a su yo más joven.

—Relájate. Si estoy en lo cierto, tu prometida, Maureen, estará fuera de la ciudad unos días visitando a sus padres, y no tienes que volver a clase hasta pasado mañana. Tenemos mucho tiempo para hablar.

Capítulo Cincuenta Y Uno

LA SALA DE CONTROL ERA DEL TAMAÑO DE UNA CANCHA DE baloncesto. Había enormes pantallas de visualización en todas las paredes. Los operadores se sentaron en sillas levitando que flotaban en lugares alrededor de la habitación y estaban reclinadas en varios grados. Cada silla se adaptaba perfectamente al cuerpo de la persona sentada en ella. Había un brazo que se unía a la silla y proyectaba un panel de control holográfico que cambiaba según lo necesitaba el operador. Actualmente hay cuatro operadores en servicio. Cada uno llevaba un auricular que les permitía comunicarse entre sí o con los agentes en la habitación separada.

Los operadores eran conscientes de que hoy había un mayor entusiasmo. En la última hora, varios miembros del comité aparecieron en la cámara de tele transportación y se dirigieron directamente a la sala de conferencias principal. Hubo un cambio en la línea de tiempo que hizo que todos se preocuparan.

—No entiendo la urgencia. No estamos limitados por el tiempo. Podemos intervenir más tarde si se modifica la línea de tiempo. Así es como siempre me lo han explicado, — afirmó Malcolm. Era el director del centro y fue el último en llegar a la sala de conferencias que daba a la gran sala de control. Todos menos uno de los miembros del comité estaban ahora presentes.

Respondió un hombre bajo y delgado llamado Lou. "Normalmente eso es correcto. Sin embargo, en este caso, Kingsman viajó veinte años en su pasado y se reunió con su antiguo yo. Sospechamos que alterará su futuro. O acelerando su desarrollo de la tecnología de viajes en el tiempo o previniéndolo por completo. Si este cambio en la línea de tiempo impide el desarrollo de su matriz cuántica, es posible que esa capacidad nunca se cree, o que se demore décadas o siglos". Señaló la gran ventana que daba a la sala de control. "Nada de esto existirá en nuestra línea de tiempo porque nunca será necesario. No seremos responsables de proteger el cronograma. Nadie tendrá que serlo. En esa realidad, quién sabe lo que estaremos haciendo, pero no será esto".

—¿Cuánto tiempo tenemos para detenerlo? —preguntó Malcolm.

De repente apareció otra persona en medio de la habitación. Iba, como la mayoría de los demás, vestidos de blanco. "Si decidimos detenerlo, no tenemos mucho tiempo. Está planeando evitar la creación de viajes en el tiempo. Acabo de hablar con él". Este hombre era alto, tenía el cabello muy corto y era el supervisor inmediato de Lou.

—En el período de tiempo al que viajó, se está reuniendo consigo mismo. Si logra convencer a su antiguo yo de que no desarrolle la matriz cuántica, lo tenemos hasta que regrese a su propio tiempo. Una vez que eso sucede, todo esto deja de existir en todas partes, porque nunca sucedió, —explicó Lou.

—Dijiste que si lo detenemos. ¿Está sugiriendo que no volvamos a él y preservemos la matriz cuántica? ¿Qué permitamos que nunca se desarrolle? ¿No estamos aquí para detener los cambios en la línea de tiempo? —preguntó Malcolm.

—Kingsman creó la matriz y desde entonces ha habido

cientos de cambios menores en la línea de tiempo, y algunos importantes. Hemos revertido los principales, pero todos los menores aún han tenido un impacto. Muchas personas, sin mayor impacto en la civilización, no han nacido o fueron creadas por cambios. No podemos revertirlos todos. En un momento, incluso se propuso regresar y detener a Kingsman antes de que desarrollara su matriz. Ahora parece que lo está haciendo por nosotros, continuó el supervisor.

—Se han invertido innumerables cantidades de tiempo, esfuerzo y dinero en la gestión de los daños causados por los viajes en el tiempo a lo largo de los años. ¿Quién sabe qué se podría haber logrado si esos recursos se hubieran redirigido a otra parte? Si no hacemos nada y dejamos que Kingsman proceda, eso sucederá, —agregó Lou.

Todos se quedaron muy callados. Hubo una enorme implicación en cualquier dirección.

—¿Qué se entiende exactamente por un cambio menor que no se evitó? ¿Puedes darme un ejemplo? —preguntó uno de los otros miembros del comité.

—Cuando Lou y yo regresamos e interactuamos con Kingsman, justo antes de la resurrección de Cristo. Había una mujer en su equipo llamada Catherine Collins. La historia muestra que ella nunca existió. Su equipo hizo algo que le impidió nacer. Probablemente solo una pequeña interacción que parecía insignificante en ese momento. No hubo una interrupción significativa en los eventos que siguieron, por lo que el protocolo llamó que no intentamos corregir ese pequeño error, —explicó el supervisor.

—¿Cómo se puede considerar insignificante un cambio que hace que alguien que debería haber vivido, nunca nazca, sea considerado insignificante?

—Incluso nuestros agentes capacitados pueden provocar un cambio inadvertidamente cuando volvemos a corregir algo, como estamos viendo ahora con Kingsman. Si retrocediéramos por cada cambio menor en la línea de tiempo, probablemente haríamos tanto daño como bien. Por lo tanto, los protocolos dictan que tiene que haber un cambio significativo en una gran cantidad de personas, eventos históricos o en toda una sociedad para que nos arriesguemos a volver atrás para corregirlo.

—A lo largo de los años, ¿cuántos de estos eventos menores ha habido?

El supervisor miró a Lou, quien inmediatamente respondió: "Hemos documentado doscientos seis".

—Dado que el cambio de una vida afectará a las generaciones futuras, ¿cuántas vidas se han visto afectadas?

—No tenemos un número exacto, pero estimamos que se acerca a los dieciséis mil, —explicó Lou.

—¡Dieciséis mil! ¿Todas esas vidas creadas o prevenidas porque Kingsman inventó el viaje en el tiempo hace más de cuatrocientos años?

—Podemos deshacer todo eso, si no hacemos nada y permitimos que Kingsman complete su misión y elimine esa tecnología de la existencia, —dijo el supervisor.

—Al menos hasta que alguien más lo invente, —agregó Lou.

—Ok, voto que no hagamos nada. Dejemos que Paul Kingsman haga el cambio a la historia y revierta todo el daño, —declaró Malcolm.

Todos los demás asintieron sombríamente con la cabeza en señal de acuerdo.

Epílogo

PAUL KINGSMAN SE SENTÓ EN SU ESCRITORIO Y, COMO LO había hecho hoy cerca de la trigésima vez, miró el reloj de su computadora. Estaba ansioso y un poco asustado. Había estado esperando secretamente esta fecha durante casi veinte años. Desde el sábado loco cuando su vida entera cambió. El día en que se encontró cara a cara consigo mismo.

Desde ese día había tenido una existencia casi escrita. Siguiendo el camino que él y su yo futuro trazaron durante los dos días que habían pasado juntos.

Después de hoy, tenía un acto final que realizar y luego se iría solo sin más orientación. En dieciocho meses, el 3 de febrero, tuvo que ir a la casa de la madre de Tom, temprano en una mañana nevada y palear los escalones de la entrada. Solo esa vez y ese día específico. De todas las cosas que su futuro le dijo que hiciera, esa parecía la más extraña.

Como había hecho tantas veces antes, pensó en todo lo que había aprendido de su yo mayor. El asesoramiento financiero que recibió de su contraparte le permitió construir y administrar el Instituto Kingsman. La información sobre qué acciones comprar y cuándo. La compra de más de 4000 bitcoins, cuando los obtuvo por cinco centavos cada uno y los vendió por cerca de $ 15000 cada uno. Además, pensó en lo que había renunciado. La capacidad de viajar en el tiempo. Una habilidad que una vez había desarrollado y ahora nunca lo haría. Confiaba en que era lo mejor, pero aún le encantaría poder retroceder en el tiempo, solo una vez.

Sobre todo, pensó en lo que su antiguo yo le había enseñado acerca de Jesús y en cómo la ciencia no tenía por qué chocar con las Escrituras. Había llegado a conocer a Cristo dieciocho años antes que su otro yo, y por eso estaba muy agradecido. Eso solo valió la pena todo lo que perdió.

Se levantó de su escritorio para salir de su oficina y, como era su costumbre, pasó la mano por la gastada Biblia que guardaba en su escritorio.

Entró en la oficina contigua y vio a Tom Wallace trabajando en su computadora.

—Tom, hay algo con lo que tengo que lidiar. Te veré en la mañana.

—Está bien, nos vemos entonces, —dijo Tom levantando la vista de su computadora.

Paul se dirigió por el pasillo hacia la escalera mecánica. Mientras se acercaba, escuchó una voz que hablaba, y con una sonrisa en su rostro caminó hacia la barandilla que daba al vestíbulo de abajo. A menudo se paraba aquí y escuchaba mientras los guías comenzaban sus recorridos. Paul, de hecho, había dirigido más de unas pocas horas en los años anteriores. Estaba feliz de que ahora fueran lo suficientemente grandes como para que alguien más hiciera ese trabajo.

Escuchó mientras ella hablaba: "La misión del Instituto Kingsman es usar la ciencia moderna para probar la existencia de Dios. Hoy en día, muchos piensan que el descubrimiento científico saca a Dios de la discusión. Pero eso no es cierto; aquí utilizamos los descubrimientos científicos avanzados para demostrar que tenía que haber un creador involucrado".

A Paul le habría gustado quedarse y escuchar más tiempo,

pero su tiempo era fundamental. Bajó corriendo las escaleras mecánicas y salió del edificio. En unos momentos se dirigía a la ciudad.

El viaje le llevó diez minutos, pero el tráfico era fluido y llegó a su destino con tiempo de sobra. Se sentó en el estacionamiento del restaurante Subway, con el auto en marcha y listo. Mientras esperaba, sintió que le sudaban las manos y se le aceleraba el corazón. Había considerado varios puntos a lo largo de esta sección de la carretera, pero este estacionamiento le brindaba una excelente visibilidad y la capacidad de salir rápidamente. Paul se tomó un minuto para orar. Le habían asegurado que esto funcionaría, pero aún estaba inquieto.

Después de casi diez minutos de espera, vio lo que buscaba. Se acercaba un Volkswagen Escarabajo azul.

Quería asegurarse de terminar directamente frente a ese automóvil, pero no quería asustar al conductor para que cambiara de carril al salir demasiado rápido.

Paul se incorporó al tráfico y trató de mantener una velocidad media, aunque nada de lo que estaba haciendo era normal. Continuó conduciendo, tratando de mantener el Volkswagen a una distancia de un solo vehículo detrás de él.

Vio la intersección más adelante y el semáforo estaba en verde. Ralentizó su acercamiento solo un poco. Lo suficiente para acercarse un poco más al Escarabajo. Estaba casi en el semáforo ahora, y se puso amarillo.

A esta distancia, Paul pensó que era una tontería si normalmente se detendría o se iría, sin embargo, hoy, solo había una opción, y detuvo su vehículo.

Los ojos de Paul permanecieron en el espejo retrovisor y vieron como el Escarabajo trataba de detenerse, pero no podía, y lo golpeaba por detrás, como sabía que lo haría.

Paul sintió que el cinturón de seguridad se hundía en su hombro y un leve dolor en la espalda. Después de unos segundos, abrió la puerta y se puso de pie con cuidado. Miró hacia atrás y vio a una mujer relativamente atractiva que salía del coche. Ella se estaba frotando un punto dolorido en la frente.

Se acercaron lentamente el uno al otro. Con una voz que se quebró mientras hablaba, dijo Paul. "¿Supongo que eres Michelle?"

Asintiendo ansiosamente con la cabeza, ella respondió: "¿Paul?"

"He estado esperando conocerte durante casi veinte años".

Querido lector,

Esperamos que hayas disfrutado leyendo *La Apuesta de la Resurrección*. Tómese un momento para dejar una reseña, incluso si es breve. Tu opinión es importante para nosotros.

Atentamente,

Christopher Coates y el equipo de Next Charter

La Apuesta De La Resurrección
ISBN: 978-4-86747-679-6

Publicado por
Next Chapter
1-60-20 Minami-Otsuka
170-0005 Toshima-Ku, Tokyo
+818035793528

25 Mayo 2021

Lightning Source UK Ltd.
Milton Keynes UK
UKHW012043110621
385375UK00001B/94